KB234891

마풍협성

魔飛代星

송진용

新무협 판타지 소설

FANTASTIC ORIENTAL HEROES

마풍협신 1

송진용 新무협 판타지 소설

초판 1쇄 찍은 날 § 2007년 6월 5일
초판 1쇄 펴낸 날 § 2007년 6월 15일

지은이 § 송진용
펴낸이 § 서경석

편집장 § 문혜영
편집 § 서지현 · 심재영

펴낸곳 § 도서출판 청어람
등록번호 § 제1081-1-89호
등록일자 § 1999. 5. 31
어람번호 § 제2-1217호

주소 § 경기도 부천시 원미구 심곡1동 350-1 남성B/D 3F (우) 420-011
전화 § 032-656-4452 팩스 § 032-656-4453
http://www.chungeoram.com
E-mail § eoram99@chollian.net

ⓒ 송진용, 2007

ISBN 978-89-251-0731-8 04810
ISBN 978-89-251-0730-1 (세트)

魔俠 風星

마풍협성

FANTASTIC ORIENTAL HEROES

송진용 新무협 판타지 소설

[운남(雲南)에 부는 바람]

시대가 혼란스럽고, 민간의 삶이 고달파질수록 영웅의 출현은 불가피해진다.

"한(恨)은 목숨보다 더 지독하거든. 너도 그걸 네 개쯤 가져 봐. 그럼 목여 다섯 번 떨어질 때까지는 죽을 수 없을 거야."

불사귀(不死鬼)라고 불리는 사내, 똣수백(陶秀柏)의 이야기다!

1

도서출판 청어람

目次

시작하면서

　명(明) 세종(世宗) 가정제(嘉靖帝)는 명사(明史)에 등장하는 몇 몇 어리석기 짝이 없는 황제 중 한 명으로 꼽힌다.

　기록에 의하면 그는 도교(道敎)에 심취하여 신선이 되기를 간절히 바랐다고 한다. 그 때문에 역대의 황제들과는 달리 환관 대신 도사(道士), 술사(術士)들이 그의 곁에 늘 붙어 있었다고 하니 특이한 일이다. 그래서 가정제 연간의 기록을 보면 환관에 의한 정치적 폐해는 거론되지 않는다.

　실로 이상한 황제요, 이상한 일이라 아니 할 수 없다.

　결국 가정제는 총애하던 방사(方士) 왕금(王金)이 바친 단약을 먹고 죽었다.

　독살당했을 수도 있고, 드디어 우화등선한 것일 수도 있다. 하지만 사서(史書)는 그것에 대해서 명확한 규명을 하지 않고 있다. 재해석의 여지를 남겨놓은 것이다.

　그 가정제 연간은 또한 역대의 어느 황제 통치 기간 못지않게 특무 감찰 기관의 전횡이 심한 때이기도 했다. 동창(東廠)은 물론 서창(西廠)과 내행창(內行廠) 등의 특무 기관이 악명을 떨쳤던 것이다. 그들에 의한 공포정치 때문에 무능한 가정제는 그나마 황권을 유지할 수 있었던 건지도 모른다.

황제가 무기력하니 대신들이 강직하고 국방이 튼튼해질 리 없다. 그래서 가정제 연간은 반란과 외침(外侵), 도적과 왜구의 발호 등이 극심했다. 한시도 나라가 편할 날이 없었던 것이다.

특히 왜구의 침탈이 극성에 이르렀는데, 그 야만적인 해적들은 해안 도서 지방은 물론 내륙에 이르기까지 막대한 피해를 입히곤 했다.

그와 같은 황제와 무기력한 정권하에서도 용맹하고 지혜로운 장수는 있게 마련인가. 척계광과 유대유 등의 명장이 이 시기에 있었다는 건 그나마 하늘이 아직 명나라의 국운을 외면하지 않았다는 증거이리라.

절강에 부임해 온 척계광에 의해 왜구들은 섬멸이 되었고, 그 잔당이 남아 최후의 발악을 했으니 가정 43년(1564)의 일이다.

이때는 복건의 산적 오평(吳平)이 왜구의 잔당을 끌어들여 만행을 저질렀는데, 유대유(兪大猷), 척계광(戚繼光)의 연합군에게 패배하여 멀리 안남으로 도망쳤다가 마침내 궤멸되었다.

이렇게 해서 왜구는 완전히 소탕되고 오랫동안 소요가 끊이지 않았던 동남 연해 지방에도 평화가 찾아들었다.

이 이야기는 바로 이 무렵, 오평과 왜구의 잔당이 달아나 최후의 결전을 벌인 안남의 싸움에서부터 시작된다.

그리고 점차 범위를 넓혀서 가정제와 그를 둘러싼 주변의 인물들에 대한 것을 아우를 것이다.

시대 상황이 혼란해지고, 민간의 삶이 고달파질수록 영웅의 출현은 불가피해진다. 나는 그래서 출현한 한 명의 영웅에 대한 것을 이야기하고 싶은 것인데, 물론 역사의 포장을 두른 상상 속의 인물이다.

독자들이 과연 얼마나 재미와 감흥을 느낄 것인가 하는 건 언제나 글을 시작할 때면 찾아오는 가위눌림 같은 것이다. 하지만 그건 작가가 감당해야 할 몫 아닌가. 누구의 도움도 받을 수 없다. 그래서 글을 쓰는 동안 작가는 필연적으로 고독한 존재가 될 수밖에 없는 건지도 모른다.

지금부터 먼 길을 함께 동행해 줄 독자 제현의 건승을 기원한다.

"그놈 혼자서 돌아왔어."

"당연한 걸 가지고 뭘 그렇게 호들갑을 떠냐?"

"어디 한두 번이었어야 말이지. 출병했던 자들이 모두 죽는 격전을 치렀어도 그놈은 끝내 살아서 돌아왔잖아."

"그래도 그렇지, 장두위랑 왕노삼 등이 어떤 놈들이던가? 악바리로 치면 그런 악바리들이 없고, 용맹하기로 치면 우리 척가군 내에서도 열 손가락 안에 꼽힐 만한 자들이잖아. 그런데 다 죽고 그놈 혼자서 터덜터덜 돌아왔다는 게 말이 돼?"

"달리 불사귀라고 하겠어?"

"하긴, 불사귀 그놈만 한 악바리는 어디에도 없지."

"게다가 솜씨도 있잖아. 싸움이 어디 악만 가지고 된다더냐?"

"촌장 둘의 목을 가지고 왔다는군."

"에그, 끔찍한 놈. 그걸 여기까지 가져올 게 뭐야?"

"어쨌든 말이야, 그걸 혼자서 했다는 거 아냐. 정말 기가 막히는 놈 아니냐?"

"대체 그놈은 언제 죽을까? 아니, 죽기는 할까? 내 생각에는 목이 떨어져도 몸뚱이는 살아서 건들건들 돌아올 것 같아. 아니, 그럴 거다."

"흐흐흐, 달리 절강에서 왜구들이 불사귀라는 말만 들어도 치를 떨었겠어?"

"그놈 하는 말을 들었어?"

"뭘?"

"도대체 무슨 생각으로 그렇게 무모한 짓을 했느냐고 물었지. 목숨을 대여섯 개는 여벌로 가지고 다니느냐고."

"그랬더니?"

나머지 세 명의 병사가 잔뜩 호기심 어린 눈을 방금 말을 꺼낸 동료의 입에 모았다.

한 사내가 있다.

건장한 체구에, 스물예닐곱 살쯤 되어 보이는 투박하고 거칠게 생긴 자다.

동료 병사의 질문에 고개를 숙이고 잠시 생각하던 그가 씩 웃었다.

"한(恨)은 목숨보다 더 지독하거든. 너도 그걸 네 개쯤 가져 봐. 그럼 목이 다섯 번 떨어질 때까지는 죽을 수 없을 거야."

"왜 하필 네 개냐?"

"장두위, 왕노삼, 이가춘, 정칠명 이렇게 네 놈의 한을 가졌으니까."

"……!"

사내가 다시 한 번 씩 웃어주고 돌아서서 성큼성큼 걸어갔다.

불사귀(不死鬼)라고 불리는 사내.

도수백(陶秀柏)이었다.

＊　　　＊　　　＊

가정(嘉靖) 사십삼년(1564년) 사월.

절강의 명장 척계광(戚繼光)은 부장 당운평(唐雲坪)에게 왜구와 함께 달아난 난적(亂賊) 오평(吳平)의 무리를 토벌하라는 명을 내렸다.

그 즉시 당운평은 척가군 내에서도 정예로 꼽히는 자신의 별동대 오백 명을 이끌고 오평을 추격하기 시작했다.

복건의 상장군(上將軍) 유대유(兪大猷)도 별동대 오백 명을 보내 당운평의 부대와 서로 협력하도록 했는데, 지난 석 달 동안 치른 몇 차례의 싸움에서 그들은 혁혁한 전공을 세웠다.

왜구들은 완전히 소탕되었고, 오평의 무리는 궁지에 몰린 쥐새끼처럼 되어 만족의 땅 안남까지 달아난 것이다.

적도들은 토옥림(土獄林)이라고 부르는 변경 지대의 밀림 속에서 마지막 저항을 준비하고 있었다.

어느덧 칠월이 되었다.

한여름의 무더위가 숨을 턱턱 막아대는 무렵이다.

당운평은 이곳까지 오평을 추격해 온 자신의 별동대를 운남성(雲南省) 남쪽 끝에 주둔시키고 있었다.

흔히 남만(南蠻)이라고도 부르는 안남(安南)과의 접경 지대다.

눈앞에는 노군산(老君山)에서 뻗어 내려온 산자락이 우뚝 솟아 있었는데, 비를 잔뜩 머금은 짙은 구름을 무겁게 걸치고 있었다.

용축령(龍築嶺)이라고 하는 곳으로써, 높고 험해서 저절로 운남성과 안남의 경계를 이룬다.

늘 습하고 무더운 날씨가 지속되는 곳이라 이곳은 중원과는 달리 나무가 빨리 크는 탓에 숲이 무성했다.

밀림을 이루고 있는 것이다.

산 아래에서는 나무에 가려져 하늘을 볼 수 없지만, 용축령 위에서는 그렇지 않았다.

　잔나무만 빼곡하게 들어차 길을 가리고 있을 뿐, 밀림의 음산함은 없다.

　용축령 위에는 드넓은 산정평원(山頂平原)이 펼쳐져 있었는데, 중원에는 알려지지 않은 특이한 지형이었다.

　칠 할이 질퍽거리는 습지이고, 그래서 억새며 습지 식물들이 빼곡하게 자라고 있다.

　나머지 삼 할은 허리에 닿을 정도로 웃자란 무성한 풀밭이다.

　바로 그곳에서 장차 전설의 주인공이 될 한 사람의 이야기가 시작된다.

魔風俠星
第一章
네 개의 한(恨)을 지닌 자

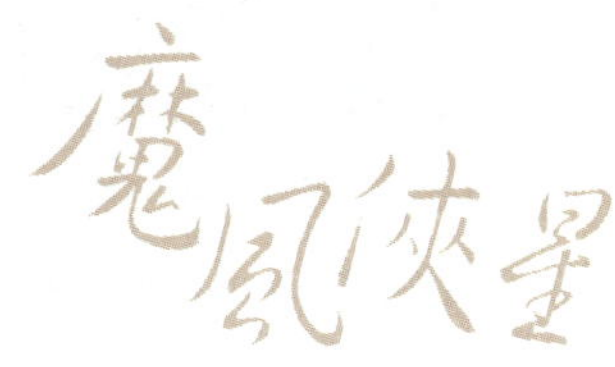

덜컥!

또 한 놈이 목을 건들거리며 쓰러졌다. 비명도 지르지 못한 채다.

"일곱 놈."

음울한 중얼거림이 남는 곳에 어둠 한 조각이 스멀스멀 흐르고 있었다.

그것이 지나간 습지에 긴 자국이 남았다가 곧 물에 잠겨 소리없이 사라진다.

스스로 뱀이 되고 어둠이 된 한 사내.

습지에 뿌리 내리고 있는 풀과 관목(灌木) 사이를 흔적없이 스쳐 가고 있는 그 사내는 두 눈만 살아 있었다.

그 밖의 모든 것은 그대로 어둠이고 풀이며 젖은 흙이 된다.

다섯 걸음 앞에서 부지런히 주변을 뒤지고 있는 두 놈이 보였다.

사내는 숨을 멈추고 배와 가슴을 더욱 땅에 밀착시켰다. 그대로 축축한 습지의 진흙 속으로 파고들어 가 사라질 듯하다.

그렇게 조금씩 아무런 소리도 내지 않고 다가갈 수 있는 자는 이 세상에 오직 그 사내 혼자뿐일 것이다.

도수백(陶秀柏).

사람들이 불사귀(不死鬼)라고 부르는 자.

그는 지금 뱀처럼 차갑고 냉정한 눈을 반짝이고 있었지만 가슴속에서는 복수의 불길이 활활 타오르고 있었다.

동료들의 죽음에 대한 분노다.

눈앞의 두 놈을 노려보며 숨을 고르는 도수백의 귓가에 장두위의 뜨거운 음성이 되살아났다.

도수백은 그때를 회상했다. 불과 세 시진 전의 일이었다.

"우리가 죽어주지."

"왜?"

의아해서 묻는 도수백을 향해 장두위가 씩 웃어 보였다.

"네놈은 불사귀잖아."

“……”

“우리 중 끝까지 살아서 본진으로 돌아가 이 일을 보고할 자는 너밖에 없다. 다른 사람은 여기서 살아난다고 해도 저 만족(蠻族) 놈들을 따돌리고 본진까지 갈 수 없을 거야.”

장두위가 눈으로 남아 있는 자들의 의향을 물었다.

세 명.

왕노삼과 이가춘, 정칠명이 묵묵히 고개를 끄덕였다.

모두들 몇 군데씩 부상을 입고 있었는데, 그중 정칠명의 부상이 가장 심각했다.

복부가 쩍 갈라져서 내장이 삐져 나오는 걸 억지로 밀어 넣고 허리띠로 동여준 게 응급처치의 전부였다.

입술이 쩍쩍 갈라져서 가쁜 숨을 헐떡거리는 정칠명의 얼굴에는 죽음의 그늘이 점점 짙어지고 있었다.

그가 도수백의 손을 와락 움켜쥐었다.

불덩어리가 닿은 것처럼 뜨겁다.

“내 집을… 알지? 내 마누라와 새끼들도… 알지?”

도수백이 말없이 머리를 끄덕였다.

절강성에 주둔하고 있을 때, 휴가를 맞아 그의 집에서 사흘 동안 머문 적이 있었던 것이다.

정칠명에게는 순박한 아내와 두 어린 아들이 있었다.

도수백은 저를 위해 음식을 준비하고 목욕물을 데워주던 정칠명의 아내를 기억한다.

두 눈이 초롱초롱하던 대두(大頭)와 득보(得寶), 두 개구쟁이 꼬마 놈들도 기억하고 있다.

"돌아가면… 이걸, 이걸… 전해줘……."

정칠명이 부들부들 떨리는 손으로 애써 무엇인가를 도수백의 손에 쥐어주었다.

금 가락지였다. 묵직한 것이 반 냥은 족히 나가리라.

"혼례도 못 올렸잖아. 예물 같은 걸 줘본 적이 없다."

정칠명의 음성이 점점 또렷해졌다. 얼굴에 붉은 기운도 감돈다.

회광반조(廻光返照).

그것이 죽기 직전의 현상이라는 걸 모두는 잘 알고 있었다. 그래서 침울해졌다.

"반드시 그렇게 하지."

도수백이 한 쌍의 금가락지를 꽉 움켜쥐었다.

"쿨럭, 쿨럭―"

밭은기침을 몇 차례 내뱉은 정칠명이 칼을 집고 힘겹게 몸을 일으켰다.

아무도 말리지 않는다.

소용없다는 걸 알기 때문이다.

"우리 중 반드시 살아서… 돌아갈 놈은… 너뿐이야. 흐흐, 네놈은… 불사귀잖아……."

그가 마지막 힘을 다해 몸을 꼿꼿이 일으켜 세웠다. 악문이 사이로 붉은 선혈이 천천히 흘러내린다.

"숙여!"

장두위가 도수백의 머리통을 내리눌렀다.

"우리는 죽는다. 일각 정도의 시간을 벌어줄 수 있을 거다. 그거면 되겠지?"

습한 땅바닥에 납작 엎드리며 도수백은 이를 악물었다.

눈물을 보일 수는 없다.

"잘 가."

왕노삼이 무심한 말을 던졌고,

"노소팔, 빌어먹을 놈에게서 받을 노름빚이 다섯 냥이다. 네가 대신 받아 가져라. 꼭 받아내야 해. 흐흐흐―"

이가춘이 도수백의 어깨를 한 번 두드려 주었다.

도수백은 말하지 않았다. 어금니를 부서져라 악문 채 점점 몸을 낮추어 땅과 하나가 된 것처럼 찰싹 달라붙을 뿐이다.

"씨발, 누가 이 창자 좀 어떻게 해줘봐."

자꾸 허리띠 밖으로 삐져 나오려는 창자를 밀어 넣으며 정칠명이 온통 인상을 우그러뜨렸다.

그러더니 이를 악물고 벌떡 일어선다.

"첫 번째 놈은 내 거다!"

마지막 발악이다.

그가 언제 부상을 입었느냐는 듯 용맹하게 칼을 휘두르며 관목 숲을 뛰쳐나갔다.

허리를 동인 붉은 띠 사이로 내장이 삐져 나와 덜렁거리는 게 보인다.

"가자!"

정칠명이 달려나간 것과 함께 장도위도 소리치며 왼쪽으로 치달렸다.

왕노삼은 정칠명을 보호하려는 듯이 곁에 달라붙는다.

"개자식들! 내 목을 치려면 네놈들 모가지를 열 개는 내놔야 할 거다!"

이가춘도 칼을 휘두르며 오른쪽을 바라보고 달려나갔다.

그리고 그들은 모두 죽었다.

정칠명이 제 가슴으로 만족의 칼을 받고는 그놈의 목줄기를 물어뜯으며 함께 나뒹굴었고, 왕노삼은 다섯 놈을 찍어 쓰러뜨렸지만 기어이 뒷덜미에 칼을 맞고 반쯤 목이 잘린 채 비틀거리다가 풀썩 엎어졌다.

빠르게 일곱 놈을 쳐 넘긴 장두위는 칼이 부러지자 두 주먹을 움켜쥐고 더욱 사납게 달려들었다.

에워싸고 있는 만족들 속으로 뛰어들어 등짝이 창에 찍히고 어깨가 떨어져 나갈 때까지 악귀처럼 소리치며 몸부림쳤는데, 기어이 두 놈의 눈을 더 파내고 한 놈의 목을 꺾어놓고서야 쓰러졌다.

이가춘의 죽음도 그들 못지않게 비참했다.

마지막까지 살아서 버티던 그의 모습은 인간의 그것이 아니었다.

온몸에서 터져 나오는 핏줄기.

갈가리 찢기고 갈라진 몸뚱이.

그렇게 되어서도 무어라고 악을 쓰며 칼을 휘두르는 그에게 만족들마저 질려 버리고 말았다.

주춤거리며 물러서서 빙 둘러 포위한 채 어느 한 놈 이가춘을 상대하려 하지 않았다.

그래서 이가춘은 텅 빈 공간 속에서 홀로 그렇게 비틀거리면서 조금씩 숨이 끊어져 갔다.

그가 풀썩 엎어져 잠잠해지자 만족들이 일제히 땅을 구르며 괴이한 함성을 질러댔다.

만족의 번쩍이는 칼 아래 하나둘 쓰러지는 그들의 모습을 도수백은 눈도 깜짝이지 않고 지켜보았다.

머릿속에 새겨둔 것이다.

그리고 뱀처럼 미끄러져 그곳을 떠나기 시작했다.

죽은 동료들의 얼굴이 눈에 가득하더니 뜨거운 눈물이 되이 흘러내렸다.

지난 석 달 동안 천보산(千寶山)까지 오평의 잔당을 쫓아온 중랑장 당운평은 용축령 건너 남쪽 밀림 지대에 난적들이 모여 있다는 첩보를 얻었다.

당운평은 그것을 확인하기 위해 다섯 명의 척후를 보낸 것이다.

도수백과 장두위 등은 당운평의 별군 중에서도 특출한 자들이었다.

전투 경험이 풍부하고 누구보다 솜씨가 좋다.

그래서 매번 척후로 뽑혔고, 여태까지 한 번도 임무를 실패한 적이 없었다.

그런데 이번에는 만족의 매복에 걸려 낭패를 본 것이다.

만족들은 은밀하게 당운평의 군진을 멀리서 에워싼 채 기회를 노리고 있었다.

중랑장 당운평은 밀림 속에서의 싸움도 오평의 무리와 하게 될 것이라고만 생각하고 있었는데, 그게 큰 실수였다.

오평이 어떤 수단을 발휘해서 토옥림의 만족들을 제 편으로 끌어들였는지는 알 수 없다.

밀림 속에서 나서 살다가 죽는 만족들 아닌가. 거칠고 흉포한 것 외에 밀림에 대해서 그들만큼 잘 아는 자들도 없었다.

그들은 사냥을 하듯이 싸움을 했다.

덫을 향해 가고 있는 짐승을 보듯 도수백 등이 은밀하게 움직여 지나가는 것을 낱낱이 지켜보면서 즐겼으리라.

그때까지 아무것도 모르고 있던 도수백 등은 산정평원에서 기다리고 있던 무리에게 여지없이 걸려들었고, 네 명이 죽은 것이다.

사방에서 무어라고 떠들어대는 만족들의 소리가 들려왔다. 도수백은 당장 뛰쳐나가 그놈들의 목을 치고 싶은 충동을 이를 악물고 참았다.

그는 뱀처럼 소리없이 기어서 겨우 용축령의 산정평원을 벗어났는데, 불과 반 마장의 거리에 지나지 않는 곳을 무려 한 시진이나 걸려서 겨우 벗어났던 것이다.

뒤쫓는 자들은 없다.

흐르는 눈물을 손등으로 닦아 뿌리며 도수백은 정신없이 용축령 아래로 달려 내려갔다.

구름이 점점 짙어지고 날은 어두워져 갔다. 도수백은 끝이 보이지 않는 밀림을 발아래 두고 주저앉아 거친 숨을 헐떡였다.

저 속에도 만족들이 득실거리고 있을 것이다.

저곳을 지나올 때는 몰랐지만 이제는 보지 않아도 알 수 있었다.

"개놈들."

이를 부드득 갈지만 지난 일을 돌이킬 수는 없다.

저놈들을 뚫고 본진으로 돌아가는 일이 쉽지는 않을 것이다. 하지만 무사히 해낼 자신은 있었다.

'나는 본진으로 돌아가 보고를 하고, 살아 돌아온 상을 받을 것이다. 하지만 죽은 자들은?

장두위와 왕노삼, 이가춘, 정칠명 등의 죽음은 곧 잊혀질 것이다.

처음에는 슬퍼하고 분노하겠지만 머지않아 아무도 그들의 존재에 대해서 생각하지 않게 될 것이다.

그게 전장(戰場)에서의 삶이다.

'그들은 나를 위해서 죽었다.'

하지만 지금 도수백은 그들을 잊을 수 없었다.

영원히 잊지 못할 것이다.

아직도 망막에 남아 있는 그들의 최후가 여전히 도수백의 가슴을 아프게 했다.

내가 무사히 달아날 수 있도록 해주기 위해서, 그 시간을 벌어주고 만족들의 눈길을 붙들어두기 위해서 제 목숨을 내 버린 것 아닌가.

'내가 그들의 복수를 해주지 않는다면 누가 해줄 것인가?

살아 돌아가서 이곳에서의 일들을 보고하는 것도 중요하지만, 조금 늦어진다고 해서 상황이 크게 변할 것도 없다.

놈들은 사냥에 성공했다는 기쁨에 들떠서 한 명이 빠져나 갔다는 것쯤은 대수롭지 않게 여길 것이고, 지금쯤은 잊어버 렸는지도 모른다.

이때야말로 놈들을 죽여서 동료의 복수를 해줄 수 있는 유 일한 기회였다.

지금 이대로 떠나 버린다면 평생을 두고 후회하게 될지도 모른다.

그런 생각을 한 도수백이 몸을 돌렸다. 그리고 왔던 길을 더듬어 다시 달려가기 시작했다.

그래서 어둠이 짙어졌을 무렵에 산정평원으로 돌아왔고, 그곳에 진을 치고 있는 만족들 속으로 숨어든 게 반 시진 전이었다.

＊　　　＊　　　＊

서걱, 서걱.

짧고 깊은 절삭음(切削音).

뒤에서 소리없이 다가온 비수에 목줄기가 잘린 두 놈이 짚단처럼 무너지고, 온통 흙칠을 한 괴이한 몰골의 사내가 드러났다.

두 눈이 얼음장처럼 차갑게 번뜩이는 자.

손에 날이 새파랗게 서 있는 비수 한 자루를 들고 있었다.

저쪽에서 무어라고 떠드는 만족의 소리가 들렸다. 방금 숨이 끊어진 놈들을 부르는 것 같다.

사내 도수백이 다시 몸을 낮추었다.

어느새 그는 흙과 풀로 변해 있었다.

그렇게 조금씩 숨과 기척을 죽이고 다가가는 곳은 십여 장 앞에 활활 타오르고 있는 모닥불이었다.

그곳에 다섯 놈의 건장한 호위를 거느리고 거드름을 피우며 앉아 있는 족장을 노리고 있다.

조금씩, 움직이지도 않는 것처럼 그렇게 다가가기를 일 다경쯤.

이제 거리는 스무 걸음 남짓까지 좁혀졌다.

거기서 도수백은 일체의 움직임을 멈추었다. 숨도 쉬지 않는 것처럼 고요하게 가라앉은 것이다.

모닥불 빛이 주위를 비치는 경계 부근까지 다가갔기 때문이다.

그때 뒤쪽 어둠 속에서 무어라고 악쓰는 소리가 들렸다. 여기저기 무질서하게 흩어져서 잠을 자거나 휴식을 취하고 있던 만족들이 고개를 들고 두리번거린다.

들킨 것이다.

누군가가 죽은 놈들을 발견한 게 틀림없었다.

만족들이 부스럭거리며 일어나고 있었다.

지금이 아니면 더 이상 기회도 시간도 없다.

숨을 한 번 깊이 들이마셨다가 멈춘 도수백이 온몸으로 땅을 박차고 뛰어올랐다.

소리도 없이 도약한다.

스무 걸음을 한순간에 좁혀가는 그의 모습이 어둠 속에서 날개를 활짝 펴고 먹이를 향해 내리꽂히는 밤부엉이 같았다.

오른손에 움켜쥐고 있던 세 개의 비도를 힘껏 뿌렸다.

그것들이 막 반응하던 호위 세 놈의 목과 가슴을 정확히 꿰

뚫었고, 그놈들이 비명을 터뜨리며 쓰러질 때 도수백은 모닥
불 곁에 내려서고 있었다.

번쩍—

그의 칼이 불빛을 튕겨냈다.

놀란 족장의 얼굴이 발아래 있다.

퍽!

단번에 그놈의 목을 쳐 날렸다. 동시에 남은 두 놈의 호위
가 도수백을 향해 악을 쓰며 만도를 휘둘러 댔다.

쨍쨍쨍—

날카로운 쇳소리와 새파란 불똥이 마구 흩어진다.

몸을 낮추고 놈들의 만도를 받아낸 도수백이 불쑥 일어서
며 모닥불을 걷어찼다.

놈들이 덮쳐 오는 불덩이를 피하기 위해 몸을 웅크리고 얼
굴을 가린 순간, 도수백은 먹이를 노리는 야수가 되어서 달려
들었다.

서걱, 서걱!

바람을 가르는 소리도 없이 좌우로 쓸어간 칼에 묵직한 느
낌이 걸리고, 두 번의 끔찍한 절삭음이 들렸다.

저쪽, 어둠 속에서 만족들이 아우성을 치며 몰려들고 있었
다.

그놈들을 힐끗 바라본 도수백이 눈을 부릅뜨고 있는 족장
의 머리통을 여유있게 집어 들었다.

그리고 어둠을 향해 뛰어든다.

아우성과 고함 소리, 맹수가 울부짖듯 하는 기괴한 외침들로 사방이 온통 들끓었다.

그 모든 것을 무시한 채 도수백은 귀에서 휙, 휙, 하는 바람 소리가 들릴 만큼 정신없이 산정평원을 가로질러 달려갔다.

"끼요오―"

불쑥 두 놈이 풀숲에서 튀어나와 괴성을 지르며 앞을 가로막았다.

도수백은 이를 악물었다. 몸을 던져 땅바닥을 뒹굴며 쳐들어가자 놈들이 당황했다.

의표를 찌른다는 것.

도수백은 본능적으로 그것을 알고 있었다.

매번 상대는 의외의 공격에 당황하고, 승부는 그 순간 끝난다.

다시 두 번의 절삭임이 들리고, 무릎 아래가 썽둥 잘려 나간 두 놈이 귀 따가운 비명을 지르며 무너졌다.

벌떡 일어난 도수백이 다시 질풍이 되어 달려갔다.

그가 노리는 것은 또 하나의 만족 집단이었다.

그들은 산정평원 아래쪽에 있었는데, 토옥림의 다섯 개 부족 중 하나다.

두 부족이 연합하여 산정평원에 덫을 치고 있었던 것이다.

그놈들을 치려면 어떻게 하든 이곳에서 빠져나가야 한다.

관목 숲에 이른 도수백이 몸을 웅크리고 숨을 곳을 찾아 두리번거렸다.

날이 희뿌옇게 밝아오고 있었다.

짙은 안개가 대지를 두텁게 뒤덮고 너울거리는 새벽. 분노한 만족들의 소란도 조금씩 잦아들어 갔다.

그들은 넓게 흩어진 채 한 명의 살수를 찾아서 밤새 산정평원을 뒤졌다.

그 안개 속에 젖어 있는 땅과 풀과 나무뿌리들을 벌써 몇 차례나 스치고 지나갔다.

하지만 그들은 도수백을 찾지 못했다.

갈라진 나무뿌리 아래 몸을 구겨 넣은 채 도수백은 짐승처럼 웅크리고 있었다.

젖은 풀을 일으켜 앞을 가렸고, 온몸에는 검은 흙칠을 했으며, 숨마저도 거의 쉬지 않는다.

최대한 몸을 말고 있어서 그는 마치 작은 흙 무더기처럼 되어 있었다.

그렇게 밤을 샜고, 아침을 맞았다.

온몸이 저려오다가 이제는 감각마저 사라졌다. 하지만 팔다리를 뻗거나 움직일 수 없다.

철벅거리는 소리와 함께 또 한 떼의 만족이 그가 숨어 있는 관목 숲으로 다가와 천천히 지나갔다.

칼을 휘둘러 나뭇가지와 풀을 툭툭 치고, 발로 나무뿌리를 차면서 도수백을 찾지만 그들의 시선은 매번 도수백을 지나쳐 엉뚱한 곳을 맴돌곤 했다.

어지럽게 얽힌 나무뿌리 속의 어둠 속에서 도수백의 두 눈이 하얗게 빛났다. 그러다가 한 놈이 다가오자 즉시 사라진다. 눈마저 감아버린 것이다.

그놈이 무어라고 소리치며 신경질적으로 나무뿌리를 걸어찼다.

그것이 안으로 꺾여 들어와 옆구리를 심하게 찔러댔지만 도수백은 숨을 멈춘 채 꼼짝도 하지 않았다.

그는 죽은 것처럼 음습한 나무뿌리 속에 처박힌 채 하루를 보냈다.

시간을 잊고 공간을 잊은 채 스스로의 생각과 의식마저 놓아버리고 있었던 것이다.

그래서 그는 밤이 되기를 기다리는 유령이 되었다.

날이 어두워지고 어둠이 세상을 뒤덮으면 비로소 살아나 움직이는 괴기한 존재.

도수백은 사람이기를 포기한 채 스스로를 그런 존재로 만들어 버린 건지도 모른다.

밤새, 그리고 다음날 하루 종일.

만족들은 포기하지 않고 끈질기게 도수백을 찾아 산정평원을 샅샅이 뒤졌다.

그리고 다시 날이 어두워지자 비로소 포기한 것 같았다.

도수백이 감쪽같이 자신들의 포위를 뚫고 이곳을 빠져나 갔다고 여길 수밖에 없으리라.

그래서 사냥감을 놓친 사냥꾼들처럼 분한 마음이 된 만족 들은 시끄럽게 떠들고 소리쳐 대며 산정평원을 떠나기 시작 했다.

고요가 다시 찾아왔다.

만족들이 종일 설쳐 대는 통에 숨죽이고 있던 짐승들이 하 나둘 머리를 내밀고 조심스럽게 움직이기 시작했다.

그것들이 내는 작은 소리가 사각거리며 들려오지만 도수 백은 여전히 꼼짝하지 않고 있었다.

그렇게 죽어버린 것만 같았다.

몸뚱이에 붉은 점이 가득 박혀서 얼룩덜룩한 뱀 한 마리가 먹이를 찾아 혀를 날름거리며 습지를 건너더니 방향을 틀어 도수백이 웅크리고 있는 나무뿌리 속으로 스며들었다.

남만에 서식한다는 지독한 독사가 틀림없다.

그놈이 꿈틀거리며 천천히 도수백의 몸 위로 기어올랐다.

다리를 감고 팔을 감더니 가슴을 타고 목을 스친다.

한 덩이의 흙 무더기처럼 변해 있던 도수백이 눈을 떴다.

목덜미를 훑고 지나가는 뱀의 차가운 기운이 섬뜩하지만 그는 여전히 움직이지 않았다.

뱀도 그런 도수백을 느끼지 못한 듯 목을 감고 올라가더니 머리를 지나 나무줄기를 타고 느릿느릿 사라졌다.

그리고도 한참이 지났다. 킁킁거리고 냄새를 맡으며 다가온 산고양이 한 마리가 깜짝 놀라 달아났다.

도수백이 천천히 다리를 뻗기 시작한 것이다.

두 다리를 다 뻗기까지 한참이 걸렸다.

"끄응—"

작은 움직임에서조차 몹시 고통을 느끼는 듯 신음을 흘리면서 이번에는 두 팔을 조금씩 뻗기 시작했다.

그렇게 몸을 모두 펴기까지 무려 반 시진 가까이나 흘렀다.

비로소 나무뿌리를 헤치고 나온 도수백이 진흙 뻘에 주저앉은 채 열심히 팔다리를 주물렀다.

다시 반 시진이 지나고 나서야 그는 벌떡 일어설 수 있었다.

아무도 없다.

그 많던 만족들도 모두 사라지고, 산정평원에 움직이는 사람이라고는 도수백 혼자였다.

바위 아래를 파헤쳐 묻어두었던 머리통을 꺼낸 그가 그것의 머리카락을 풀어 허리띠에 단단히 묶고 나서 성큼성큼 북쪽을 향해 사라져 갔다.

산정평원에 왔던 또 하나의 부족, 그들을 찾아가는 것이다.

용축령 아래는 짙은 밀림 속이다.

그곳을 두어 마장쯤 헤쳐 나가자 느릿하게 흐르는 밤공기 속에서 불 냄새가 맡아졌다.

고기 굽는 냄새와 술 냄새도 섞여 있다.

허공에 코를 두고 킁킁거리던 도수백이 몸을 낮추고 재빠르게 움직이기 시작했다.

매복은 없다. 놈들은 이곳이 저희들의 세력권이라 여기고 안심하는 것이다.

그로부터 얼마의 시간이 지나고, 약간 비탈진 언덕의 숲 속에 숨어서 도수백이 노려보는 곳에 그들이 있었다.

몇 개의 말뚝을 박고, 커다란 나뭇잎으로 얼기설기 덮어놓은 조잡한 초막 십여 개가 여기저기 무질서하게 흩어져 있었다.

그것들의 중앙에 그래도 튼튼하게 짓고 휘장까지 늘어뜨린 초막이 있었다.

촌장의 거처가 틀림없다.

도수백은 다시 한 마리의 뱀으로 돌아갔다.

어둠이 되고 풀과 흙이 되어서 천천히 비탈을 미끄러져 내려가기 시작했다.

술과 고기에 취해 여기저기 쓰러져 코를 골며 잠에 빠져 있는 자들은 거들떠볼 필요도 없다.

도수백은 조금 더 과감하게 움직였다.

경계가 허술하고, 긴장이 풀려 있는 만족들이야 아무리 많다고 해도 그에게는 허깨비들이나 마찬가지다.

벌떡 일어난 그가 칼을 움켜쥐고 이제는 성큼성큼 걸어서 촌장의 거처로 다가갔다.

몇몇 잠에서 깬 놈들이 그런 도수백을 바라보았는데, 아직 사태를 제대로 파악하지 못하고 어리둥절해했다.

쾅!

도수백의 발길질 한 번에 기둥이 부러져 나가고, 초막이 한쪽으로 기울면서 지붕이 와르르 무너졌다.

안에서 고함 소리와 함께 두 놈이 뛰쳐나오는데, 촌장의 호위들이 분명했다.

놈들도 외부인이 침입했을 줄은 짐작하지 못하고 있었다. 그래서 칼도 뽑지 않은 채 화난 얼굴로 뛰쳐나온 것이다.

그러다가 괴물처럼 시커먼 몰골로 버티고 서 있는 도수백을 보고 깜짝 놀란다.

도수백이 아무 말도 없이 대뜸 칼을 휘둘러 왼쪽 놈의 머리통을 쪼개 버렸다.

빡!

“끄아악—!”

뼈가 갈라지는 섬뜩한 기음과 함께 비명이 터져 나오고, 뜨거운 피가 확 뿌려진다.

오른쪽에 있던 놈이 놀라서 물러서는 순간 도수백의 칼은 날카로운 바람 소리를 내며 그놈의 목덜미에 깊이 박혀 버렸다.

비로소 여기저기에서 웅성거리며 만족들이 깨어나기 시작했다.

술에 취해 잠들었던 자들은 갑작스런 비명 소리에 놀라 깨어났지만 아직 정신을 가다듬지 못하고 있었다.

도수백이 성큼 반쯤 무너진 군막 안으로 들어갔고, 막 몸을 일으키던 늙은 촌장과 눈이 딱 마주쳤다.

"몸뚱이를 가볍게 해주마."

싸늘한 미소를 지었다. 검은 얼굴에 흰 이가 드러나니 끔찍하기만 하다.

"어, 어?"

촌장이 그런 도수백을 가리키며 무언가 말을 하려고 했으나 그는 기다려 주지 않았다.

퍽!

싸늘한 칼 빛이 목을 통과하는 소리가 섬뜩하게 울린다.

땅 위에 구르는 머리통을 태연히 집어 든 도수백이 군막 밖으로 걸어나갔다. 제집에 들어갔다가 나오는 사람처럼 당당하기만 했다.

그때쯤, 먼저 정신을 차린 자들이 비로소 사태를 파악하고 서로 소리쳐 호응하며 달려오고 있었다.

도수백이 우뚝 서서 그들을 바라보며 씨익 웃었다.

허리띠에 두 개의 머리통을 매달고 있는 그의 모습이 지옥의 야차처럼 끔찍해 보였으리라.

잔뜩 성이 나서 달려오던 십여 명의 만족들이 일제히 주춤 거렸다.

"이제 너희들과는 볼일이 없다. 비키지 않으면 죽이고 지 나가겠어."

하지만 만족들은 도수백의 말을 알아듣지 못했다. 그의 허리띠에 매달려 있는 머리통을 가리키며 무어라고 악을 써댄다.

"그래? 이게 너희들 거란 말이지?"

제멋대로 해석하고, 머리통을 툭툭 두드려 보인 도수백이 또 한 번 씨익 웃었다.

"하지만 이제는 내 거야."

말이 끝나기가 무섭게 질풍처럼 몸을 날려 쳐들어갔다.

씨잉—

피 맛을 본 그의 칼이 인정사정없이 한 놈을 찍어 쓰러뜨리자 깜짝 놀란 만족들이 와, 하고 소리치며 흩어졌다.

도수백은 그들이 완전히 정신을 차리기 전에 이곳을 뚫고 나가야 한다는 걸 잘 알고 있었다.

훌쩍 몸을 돌린 그가 반대쪽으로 몸을 날렸다.

뒤에서 악쓰는 소리가 들려왔다. 정신을 차린 자들이 횃불을 들고 급히 뒤쫓아오는 것이다.

도수백은 그자들을 돌아보지 않았다. 소리만으로 거리를 짐작하며 오직 눈앞의 밀림과 그것을 두르고 있는 어둠을 향해 온 힘을 다해 질주할 뿐이다.

밤새도록 그는 밀림 속을 미친 듯 헤집으며 달려야 했다.

몇 차례 밀림 속에 흩어져 있는 만족들과 부딪쳤지만, 그들은 대부분 뒤에서 달려오는 도수백에 대하여 경계하지 않았다.

도수백은 그들을 뚫거나 돌아갔는데, 반응하는 자들은 칼을 휘둘러 선공으로 몸뚱이를 찍어 넘겼고, 그렇지 않은 자들은 상관하지 않고 지나갔다.

그렇게 정신없이 밀림을 헤매는 중에 다시 날이 밝아왔다.

그리고 도수백은 밤새 용추령을 멀리 돌아 제가 떠났던 별동대의 숙영지로 무사히 귀환할 수 있었다.

다섯 명이 떠나서 사흘 후에는 그 혼자만 살아 돌아온 것이다.

魔風俠星
第二章
함정(陷穽)

도수백의 보고로 토옥림의 만족 다섯 부락이 모두 오평의
무리와 손잡았다는 걸 안 당운평은 즉시 숙영지를 옮겼다.

오히려 밀림 속으로 들어가 바위 벼랑을 의지하고 있는 공
터에 자리 잡더니 나무들을 찍어 목책을 세웠다.

"오평이 만족들과 연합했디면 이 싸움은 오래갈 것이다.
우리는 오평의 목을 가지고 당당히 돌아가든지, 아니면 이곳
에 뼈를 묻고 귀신이 되어서 돌아갈 수밖에 없다. 이 목책이
불에 타서 사라지는 날 어느 쪽이든 결정될 것이다."

목책이 완성된 날 그는 부하 병사들을 모두 모아놓고 그렇
게 말했다.

목책이 불에 탄다는 건 그 안에 숙영하던 병사들이 임무를 완수하고 귀환한다는 걸 의미한다.

떠날 때는 그들 손으로 목책을 태워 버리고 가는 것이다.

나중에라도 적들이 사용하지 못하도록 하기 위해서였다.

그렇지 않고 그것이 불에 타버렸다면 적의 공격을 감당하지 못했을 때일 것이다. 그러면 그 안에서 모두 죽게 된다.

그러니 승리하거나 패배하거나 어쨌든 목책은 무사하지 못하게 된다.

처음 절강을 떠나올 때는 오백 명이던 자들이 지금은 삼백여 명으로 줄어 있었다.

당운평은 어떻게 해서든 남은 자들을 모두 데리고 절강의 본진으로 돌아가고 싶었다.

그가 적의 영토에 스스로 뛰어들어 목책을 세우고 고립된 건 마지막 수단이었다.

오랜 싸움과 몸에 익숙하지 않은 풍토로 인해 지금 병사들의 사기는 최악이라 할 만큼 떨어져 있었다.

이대로는 변변히 싸우지도 못하고 모두 죽을 것이다. 그래서 당운평은 배수의 진을 친 것이다.

그들이 위기의식을 느끼고 각오를 새롭게 하기를 바라서였다.

닷새 동안 쉬지 않고 비가 내렸다.

밀림이 온통 물속에 잠긴 것처럼 젖었고, 새도 제 둥지 속에서 꼼짝하지 않았다.

뿌연 우막(雨幕)에 갇힌 채 짐승의 자취마저 끊어져 버린 밀림 속.

우기에 접어들면 열흘이나 보름씩 밤낮을 가리지 않고 이렇게 비가 쏟아진다니 중원에서는 상상도 못할 일이다.

복건(福建)에서도 수천 리나 떨어진 오지의 밀림 속에서 보낸 날이 벌써 두 달째에 접어들고 있었다.

먼 원정에 나선 병사들은 지칠 대로 지쳤다.

처음 보는 기이한 독충과 뱀, 짐승들에게 시달리는 것도 괴로웠지만, 무엇보다 견디기 힘든 건 밀림의 끈적끈적한 열기였다.

그리고 하늘에 구멍이라도 뚫린 듯, 물동이를 들어 쏟아 붓는 듯한 이 폭우다.

하지만 도수백은 이런 날이 좋았다. 적들도 이런 날에는 움직이지 않을 테니 막사 안에서 마음 놓고 쿨쿨 잘 수 있기 때문이다.

지난 닷새 동안 도수백은 충분히 쉬었고, 이제는 조금씩 무료해져 가기도 했다.

청승맞은 빗소리를 듣자니 문득 산정평원에서 장렬하게 죽어간 동료들의 얼굴이 떠올랐다. 장두위와 왕노삼, 이가춘, 정칠명……

그들의 죽음에 분노했고, 악귀가 되어서 그 밤의 산정평원을 휘젓기도 했다. 하지만 도수백에게 이제는 그 모든 일들이 과거였다.

언제나 그렇다. 죽은 자들만 외로울 뿐이다. 살아남은 자들은 누구나 지금처럼 무료하거나 아니면 정신없이 바쁘다. 죽은 자들에 대한 추억을 언제까지나 곱씹으며 살 수는 없는 것이다. 여태까지 많은 동료들과 함께 전장을 헤쳐 나왔고, 많은 동료들이 죽었다. 그리고 아련한 추억의 저편으로 사라져 갔다. 산정평원에서 죽은 장두위 등도 결국 그렇게 될 것이다.

"제기랄, 뒈진 놈만 억울한 거야."

도수백이 주먹을 불끈 쥐고 허공에 내질렀다. 나는 절대로 죽지 않을 거라고, 절대로 살아남은 자들의 추억 속에 파묻혀 버리지 않으리라고 내심 다짐했다.

"나는 불사귀야. 너희들처럼 그렇게 죽지 않을 거야. 나는 절대로 안 죽어."

말하는 동안 가슴에 뭉클한 감정이 맺힌다.

"병신 같은 것들. 그렇게 뒈질 거면 뭐 하러 갖은 고생을 해가며 이 지랄 같은 곳까지 왔어? 절강의 해안가에서 왜구 놈들의 칼에 맞아 뒈졌으면 적어도 만족의 염병할 땅에 뼈를 묻지는 않았을 거 아냐?"

그가 이런저런 생각을 떠올리며 혼자서 심심해하고, 혼자서 화를 내고, 혼자서 울퉁불퉁한 나무 침상에서 뒹굴거리고 있는데 군막의 휘장이 거칠게 젖혀졌다. 그리고 한 사람이 빗물을 뚝뚝 떨어뜨리며 들어선다.

중랑장 당운평을 보좌하는 부관이었다.

"팔자 좋구나. 제기랄."

투덜거린 그가 뚱한 얼굴로 일어서는 도수백에게 손가락을 까닥였다.

"장군께서 부르신다. 지금 즉시 가봐."

"왜?"

"왜가 어디 있나? 오라면 오고 가라면 가는 거지."

짐짓 눈을 부라려 보인 부관이 씩 웃고 다시 쏟아지는 빗속으로 뛰어나갔다.

"염병. 며칠 편하게 쉬나 했더니… 그 꼴을 그냥 봐줄 리가 없지."

도수백은 투덜대면서도 복장을 갖춰 입고 갑주를 걸쳤다.

당운평의 군막 안에는 몇 사람이 모여 있었는데, 모두 낯선 자들이었다.

이십 리 밖에 진을 치고 있는 유가군에서 찾아온 두 명의 전령은 몇 번 본 적이 있고, 나머지 세 사람은 생면부지였다.

두 명은 병사가 아니었다.

검은색 경장에 피풍을 두르고 정강이까지 올라오는 가죽신을 신었으며 헐렁한 옷소매 사이로 드러나는 팔뚝에는 거무튀튀한 철비구(鐵臂具)를 차고 있었다.

등에 노란 검수를 매단 한 자루의 검을 지고 있는 것이 심상치 않았다.

한 명은 하관이 빠진 갸름한 얼굴에 매처럼 날카로운 눈을 가졌고, 한 명은 두루뭉실한 얼굴인데, 두 사람 모두 살결이 창백하도록 희었다.

'강호의 무리.'

도수백은 그자들이 강호에서 활동하는 자들이라는 걸 짐작했다. 그런 자들이 왜 이곳에 와 있는 건지 알 수 없다.

도수백이 머리를 갸웃거리고 눈길을 또 한 사람에게로 옮겼다.

거기 한 소년이 서 있었다.

비록 갑주를 입고 칼을 찼지만 누가 보아도 아직 스무 살도 되지 않은 홍안의 소년이었다.

붉은 얼굴에 피부가 곱고 살결이 여린 것이 이런 곳에서 거친 병사들과 어울려 있을 놈이 아니라고 여겨진다.

눈빛이 맑고 코와 입술의 윤곽이 뚜렷한 소년 병사.

병사라기보다는 어느 권문세가의 자제라고 하면 어울릴 그런 용모였다.

그 소년 병사의 얼굴에는 긴장과 두려움이 가득했다.

불쑥 들어선 도수백의 거칠고 삭막한 인상에 더욱 주눅이 든 듯 눈치를 힐끔힐끔 보면서 어깨를 움츠린다.

그를 바라본 도수백이 혀를 차고는 당운평에게 군례를 올렸다.

"그만둬."

제지한 당운평이 잔뜩 낯을 찌푸렸다.

무언가 심기가 불편한 기색이라 도수백은 어리둥절해서 제가 모시고 있는 젊은 장군을 뚫어지게 바라보았다.

그는 여태까지 수십 번의 싸움을 치렀는데, 한 번도 져본 적이 없는 용장이고, 부하들을 잘 다독일 줄 아는 덕장이기도 했다.

절강의 총병인 척계광 장군에게서 단단히 신임을 받고 있는 데에는 그만한 이유가 있었던 것이다.

"또 한 번 수고해 줘야겠다."

그가 밑도 끝도 없이 불쑥 말했으므로 도수백은 다시 어리둥절해졌다.

"토옥림 남쪽 끝까지 갔다 와."

"척후요?"

"그렇다."

"제기랄!"

도수백이 낯선 자들 앞이라는 것도 잊고 소리쳤다.

"네 명의 동료를 잃고 돌아온 게 며칠 전의 일인데 또 가란 말이오? 제대로 쉬지도 못했소이다!"

"알고 있어. 하지만 네가 아니면 이 일을 해낼 사람이 없다."

“저 밖에 있는 놈들 중 아무나 찍어서 보내도 임무를 훌륭히 수행하고 돌아올 거요.”

“시끄럽다!”

당운평이 버럭 화를 냈으므로 도수백은 찔끔해서 입을 다물 수밖에 없었다. 하지만 여전히 불만이 가득한 기색이다.

당운평이 달래듯 말했다.

“이번 일은 매우 중요하다. 반드시 성공해야 해.”

“대체 뭡니까?”

“토옥림 남쪽 삼십 리 밖에 만족 부족이 하나 있는데, 오늘 밤 오평이 무리를 이끌고 그곳으로 옮겨간다는 첩보가 들어왔다. 가서 그걸 확인하고 돌아오는 거야.”

“믿을 만한 소식입니까?”

당운평이 힐끗 하관이 빠진 흑의사내를 보고 나서 말했다.

“어디까지나 첩보야. 그러니 네가 가서 그곳의 자세한 정황을 파악해 오란 말이다.”

그게 사실이라면 이건 중요한 일이었다.

오평의 무리가 어디에 숨어 있는지 확실히 알 수 있게 되기 때문이다.

“누구랑 갑니까?”

“이 신입을 데려가라.”

당운평이 잔뜩 눈살을 찌푸린 채 턱짓으로 소년 병사를 가리켰다.

도수백은 기가 막힌다는 얼굴로 멍하니 바라보기만 했다.

당운평이 애써 그의 눈길을 피하며 다시 말했다.

"진짜 싸움이 뭔지 잘 가르쳐 주라고."

도수백의 눈꼬리가 사납게 치켜 올라갔다.

"뭐라고요? 장군! 아니, 누군지도 모르는 놈을, 게다가 아직 솜털도 안 벗겨진 애송이를 데려가란 말입니까? 이런 젠장!"

발을 구르고 침을 뱉는다.

"오늘 유 장군의 별동대에서 전출해 온 자다. 그러니 신분은 확실해."

"싫소! 나는 못하오!"

도수백이 단호하게 소리쳤다.

그는 장군 앞에서도 주눅 들거나 위축되지 않았다.

천성이 그런지라 당운평도 일정한 선을 넘지 않는 이상 무시해 준다.

"장군은 척후가 무슨 소풍이라도 나가는 걸로 아는 거요? 하, 참, 기가 막혀서 말도 안 나오는군. 가서 죽으라고 솔직히 말하지 그러시오?"

"시키는 대로 해."

"그만두시오. 차라리 나 혼자서 다녀오리다."

"……"

이건 말도 안 되는 일이라는 걸 모를 당운평이 아니다.

그가 절대로 그처럼 무모한 사람이 아니라는 걸 도수백 또

한 잘 알고 있었다.

당운평은 아무 말 없이 한동안 도수백을 노려보기만 했다.

도수백은 조금씩 무언가 이상하다는 느낌을 받았다.

'말 못하는 사정이 있군.'

"군령이다."

당운평이 딱딱하게 굳은 얼굴로 엄숙하게 말했다.

"제기랄!"

분하지만 군령이라는 데에는 어쩔 수 없는 일이다.

도수백이 발을 구르고 돌아섰다. 그의 등 뒤에 당운평의 덧붙이는 말이 달라붙었다.

"반드시 임무를 완수해야 한다."

'이상하다?'

막 군막을 나가던 도수백은 다시 그런 느낌을 받았다.

'반드시'라는 말과, '임무'라는 말을 할 때의 장군의 어조가 평소와는 다르게 딱딱했기 때문이다.

도수백이 잔뜩 화난 채 소년 병사를 끌고 군막 밖으로 사라지는 걸 유심히 지켜보는 자가 있었다.

"저놈은 누구요?"

왼쪽의 죽립인이 턱짓으로 밖을 가리키며 물었다.

군장(軍將)에 대한 존경심은커녕, 싸늘한 어투에 경멸의 기색마저 담겨 있다.

하지만 당운평은 속으로만 화를 삭일 뿐 불쾌함을 내색하지 않았다. 애써 감정을 억누르며 차갑게, 그러나 공손하게 대답한다.

"도수백이라는 자입니다. 열 명의 수하를 거느리는 조장이지요."

"실력은?"

"대충 제 앞가림은 할 정도랄까요?"

"그래?"

죽립인의 싸늘한 눈길이 훑듯이 당운평의 전신을 오르내렸다.

당운평은 뱀 한 마리가 옷 속으로 기어들어 온 것 같은 느낌에 이를 악물었다.

"한 놈도 살아 돌아와서는 안 돼."

차가운 그 한마디를 던진 흑의인이 수하와 함께 군막 밖으로 나가고 나자 당운평이 비로소 분통을 터뜨렸다.

"개새끼들! 감히 내 영채에 들어와서 이래라저래라 하다니!"

이를 박박 갈며 분해하지만 그것뿐, 그는 자신의 한계를 잘 알고 있었다.

제 신분으로는 그들의 옷깃 하나 건드릴 수 없는 것이다.

그들은 동창에서 직접 나온 무사들인데, 하관이 빠져서 날카롭게 생긴 자는 당두(檔頭)라는 직함을 갖고 있었다.

동창의 무사 중 고위급에 있는 자이니 변경의 무장에 지나지 않는 당운평으로서는 함부로 대할 수 없는 껄끄러운 존재인 것이다.

'살아서 돌아와라. 제발 그렇게 해야 해. 그래서 저 개새끼들에게 물을 먹이는 거야. 불사귀, 너만 믿는다.'

당운평은 도수백의 삭막하고 무뚝뚝한 얼굴을 떠올리며 마음속으로 그렇게 기원했다.

그는 두 동창의 무사에게 불사귀로 통하는 도수백의 진면목을 끝까지 속였다.

그게 그가 할 수 있는 유일한 반항이었다.

'그놈은 반드시 살아서 돌아올 것이다.'

그런 믿음 속에는 도수백이 소년 병사를 무사히 데리고 돌아오기를 바라는 간절한 마음도 있었다.

＊　　　＊　　　＊

도대체 하늘에 구멍이라도 뚫린 것 같다.

아무리 우기(雨期)에 들었다지만 이렇게 며칠을 두고 줄기차게 쏟아지는 비를 중원에서는 볼 수 없었기에 더 끔찍하고 지겹다.

새도 짐승도 종적이 끊어진 밀림 속에서 그 폭우를 뚫고 천천히 움직이는 두 사람이 있었다.

"아직도 멀었소?"

낮게 속삭이는 자는 소년 병사였다.

서너 걸음 앞서 조심히 나아가고 있던 도수백이 그를 돌아보았다.

소년 병사는 그의 투박하게 생긴 용모에서 도수백이 살아왔을 거친 삶을 추측할 수 있었다.

"안심해. 그는 불사귀거든. 그놈 곁에만 꼭 붙어 있으면 별일 없을 거다."

귓가에 속삭여 주던 전령의 말이 생생하게 떠올랐다.

자신을 당운평의 군진에 데려다 주는 임무를 마치고 다시 유가군의 진영으로 돌아가던 전령이 소년에게 살짝 귀띔을 해주었던 것이다.

'불사귀(不死鬼)……'

소년은 가만히 그 이름의 의미를 생각해 보았다.

하지만 아직까지 눈앞의 사내가 아무리 격렬한 전장(戰場)의 한복판에 내던져져도 반드시 살아 돌아오는 자라는 실감은 나지 않았다.

도수백은 동료들이 모두 죽었을 때도 혼자서 이 빠진 칼을 끌며 터벅터벅 걸어 돌아왔다.

한두 번이 아니다.

운이 좋아서가 아니었다. 지독하고 악착같았기 때문이라고 해야 하리라.

게다가 목숨을 건 전장에서 단련된 칼 솜씨 또한 그 어떤 백전의 노장보다 훌륭했다.

혹자는 그가 짐승 같은 본능으로 어떻게 하면 살아남을지 아는 까닭이라고 했다.

그러나 정말 그를 잘 아는 자들은 하나같이 그가 무모하기 때문이라고 말했다.

죽는 걸 두려워하지 않기 때문에, 눈앞의 적을 죽여야 내가 살 수 있다는 걸 누구보다 잘 아는 까닭에 그는 언제나 살아 돌아올 수 있었던 것이다.

죽음 속으로 풍덩 뛰어들 때 비로소 한줄기 기사회생의 길이 열린다는 걸 그는 수많은 싸움을 통해서 절로 터득하고 있는 자였다.

불사귀 도수백이 손가락으로 제 입을 가렸다.

눈짓으로 제 앞쪽, 속이 보이지 않는 밀림을 가리키며 손가락 두 개를 펼쳐 보인다.

이 리 밖에 적의 본진이 있다는 의미였다.

전력을 다해 달리면 차 한 잔 마시기 전에 도착할 수 있는 거리다.

소년 병사의 얼굴에 언뜻 긴장과 두려움이 스쳐 갔다.

도수백이 그의 차가운 손을 끌어 제 옆에 주저앉혔다.

"무서우냐?"

소년 병사가 크게 머리를 가로저었다.

하지만 그의 눈 속에 깃들어 있는 두려움은 더욱 분명해졌다.

도수백이 피식 웃었다.

"여기서 잠깐 쉬어갈 테다. 심호흡을 깊게 해. 그러면 마음이 안정된다."

"후, 후읍—"

그 즉시 주저앉아 숨을 깊이 들이켜는 소년 병사를 보면서 도수백은 낯을 찌푸렸다.

얼마나 시간이 지났을까.

비는 여전히 퍼붓듯 쏟아지고, 밀림은 마치 물속에 잠긴 것처럼 고요했다.

움직이는 건 아무것도 없다.

도수백이 소년 병사의 손을 끌어당겨 제 곁에 더 가까이 앉게 하고 속삭였다.

"저 앞에는 귀신같은 놈들이 득실거리고 있다. 너도 여기 오기 전에 들어봤겠지? 안남의 야만족에 대해서 말이야."

소변 병사의 낯빛이 새파랗게 질렸다.

"제기랄 놈의 비는 그칠 줄을 모르는구먼."

얼굴의 빗물을 훔쳐 내며 투덜거린 도수백이 혼잣말인 것처럼 중얼거렸다.

"이런 날 칼 맞고 뒈지면 어떻게 되는지 알아? 피가 더 빨리 빠져나가서 곧 창백하게 변하지."

“⋯⋯!”

“텅 빈 몸속으로 빗물이 콸콸 스며든다. 그러면 얼마 지나지 않아 퉁퉁 불어서 항아리처럼 되지.”

소년 병사의 얼굴이 더욱 창백해졌다.

그럴수록 도수백의 말투는 더욱 음산해졌다. 귓가에 속삭인다.

“그걸 짐승들이 뜯어 먹고 벌레가 파먹는다. 며칠 뒤에는 앙상한 뼈다귀로만 남게 되지. 그런 걸 본 적 있느냐?”

소년 병사의 눈이 두려움으로 초점을 잃어가고 턱이 덜덜 떨렸다.

‘제기랄, 이건 새색시 같은 놈이로군.’

도수백은 놀려준 걸 후회했다.

이런 놈을 끌고 여기까지 왔다는 것 자체가 한심스러웠다.

하지만 어떻게 해서든 다시 데리고 돌아가야 한다.

장군 당운평의 ‘반드시 임무를 완수해야 한다’ 던 말이 바로 그것을 의미하는 것이라고 여겼기 때문이다.

벌써 수십 번도 더 척후로 뽑혀 나갔지만 그때마다 당운평은 ‘살아서 돌아와라’ 라고 딱 한 마디를 했을 뿐이다.

이번처럼 말한 적은 없다.

도수백은 내내 왜 그랬을까 하는 생각을 하다가 목표한 곳에 가까워져서야 비로소 당 장군의 의중을 짐작할 수 있게 되었다.

‘그렇다면 나와 이놈을 이런 날 척후로 내보낸 건 다 속셈이 있어서였군.’

그런 확신이 섰다.

당운평은 누군가에게 압력을 받은 게 분명했다. 군막 안에 있던 흑의의 두 사내일 것이다.

그자들이 누구인지는 모르지만 소년이 이곳에서 죽기를 바라는 자들이리라.

하지만 당운평은 어떻게 해서든 소년을 살리고 싶어하는 게 틀림없었다.

그렇다면 척후병의 임무는 그저 핑곗거리를 만들어준 것에 지나지 않는다.

‘제기랄 놈들. 죽이고 싶으면 굳이 여기까지 보낼 필요가 없었잖아?’

저희들 손으로 아무 데서나 목을 쳐버렸으면 이런 귀찮은 일은 없었을 것 아닌가.

흑의인들에 대한 그런 불만으로 불쾌해졌다.

하지만 그렇게 하지 않은 걸 보니 그놈들에게도 무언가 곤란한 사정이 있는 모양이다.

도수백은 어쨌거나 이런 일에 말려들면 골치 아프다고 생각했다.

기회를 봐서 매끄럽게 발을 빼야 한다.

‘잘됐어. 한숨 푹 자고 돌아가면 그뿐이다.’

돌아가서 대충 둘러댄들 어느 놈이 알 것인가.

소년 병사는 당운평이 알아서 감쪽같이 처리할 것이다.

그런 생각으로 마음을 느긋하게 먹자 새삼 소년에 대한 궁금증이 커졌다.

"이봐, 네 이름이 뭐냐?"

"그건……."

"여기는 너하고 나 둘뿐이다. 안심해도 돼. 그리고 조금 있다가 네 녀석이 야만족들의 칼에 맞아 뒈지면 돌아가서 보고를 해야 하는데, 이름을 모르면 곤란하지 않겠어?"

소년 병사의 얼굴이 더욱 창백해졌다. 이제는 온몸을 부들부들 떤다.

"나, 나는… 주소룡(朱小龍)이라고……."

"주소룡? 그게 네 이름이야? 정말이지?"

소년 병사가 무엇을 더 말할 듯 입을 오물거렸지만 그 이상은 끝내 말하지 않았다.

*   *   *

"어떻게 되어가고 있는 거지?"

하관이 빠진 흑의인 손적풍(孫赤風)의 짜증 섞인 질문에 곁에 있던 공손랑(孔孫郞)이 말했다.

"아직 시간이 조금 남았습니다."

그들은 발아래 당운평의 별동대가 들어 있는 목책을 내려
다보고 있었다.

목책 왼쪽에 솟아 있는 벼랑 위에서 폭우를 고스란히 맞으
며 초조하게 무엇을 기다리고 있는 중인 것이다.

"저기!"

잠시 후, 공손랑이 손가락으로 한곳을 가리켰다.

텅, 텅, 텅—

둔탁한 소리가 몇 번 울리더니 밀림 위로 십여 개의 커다란
자루가 불쑥 솟아올랐다. 목책에서 서쪽으로 일 리쯤 떨어진
곳이다.

기습자들은 특이하게도 공성전에 쓰이는 투석기(投石機)로
돌 대신 무엇을 담았는지 모를 자루를 쏘아댄 것이다.

"이제 시작하는군."

죽립을 들어 올리고 그것을 바라보던 손적풍이 씩 웃었다.

죽립 아래 드러난 날카로운 턱을 타고 빗물이 쉴 새 없이
떨어지고 있었다.

밀림을 건너 날아온 자루들이 더러는 목책 벽에 부딪치고,
더러는 목책 안으로 떨어졌다. 병사들의 숙영지에 떨어지는
것도 있었다.

퍽, 퍽!

자루들은 떨어지자마자 터져 버렸는데, 그 안에서 시커멓

고 역한 냄새를 풍기는 액체가 쏟아져 사방으로 흩어졌다.

끈적거리는 그것은 폭우에도 잘 씻겨 내려가지 않았다. 오히려 빗물과 섞이며 빠르게 주변으로 퍼진다.

"무슨 일이냐?"

뜻밖의 일에 놀란 당운평이 갑주도 제대로 갖춰 입지 못한 채 군막에서 뛰어나왔다.

막사에 들어 있던 병사들도 병장기를 움켜쥐고 뛰어나왔지만 어리둥절해서 두리번거릴 뿐이었다.

폭우가 이처럼 지독한 날에 적이 쳐들어왔을 리는 없다.

'그렇다면 이게 무슨 일이란 말인가?

당운평이 잔뜩 눈살을 찌푸리고 생각하는데 이번에는 머리 위의 하늘이 붉게 물들었다.

촤아아아—

여전히 거세게 퍼붓는 폭우 때문에 그들은 날아오는 화살 소리를 듣지 못했다. 적의 움직임을 감지하지 못한 것도 그 때문이다.

"적이다!"

망루 위의 병사가 비로소 고함을 질렀다.

하지만 그때는 이미 불덩이를 매단 화살이 하늘을 덮다시피 하며 목책 안으로 떨어지고 있었다.

퍽!

폭우 속에서도 꺼지지 않는 불길을 매단 화살들이었다.

그것이 목책에 꽂히자 조금 전 자루가 터지며 흘러나온 검은 액체로 불이 옮겨졌다.

화르르르—

비에 아랑곳없이 불길이 치솟는다.

목책 안의 상황도 마찬가지였다.

수도 없이 내리꽂히는 불화살들이 이미 넓게 퍼져 있던 시커먼 액체에 불을 옮겨 붙였다.

금방 불길이 치솟고, 숙사(宿舍)며 병기고, 마구간이 화마에 휩싸인다.

"흑유!"

비로소 사태를 파악한 당운평이 비명처럼 소리쳤다.

하지만 머릿속에 여전히 의문은 남았다.

흑유(黑油)가 인화성이 강한 것이라지만 이와 같은 폭우 속에서는 점화될 수가 없다.

그런데 이것은 그렇지 않았다.

물과 섞이자 오히려 물마저도 인화성을 띠게 되지 않는가.

예로부터 안남의 오지에서는 희귀한 광물과 함께 양질의 흑유가 많이 나온다는 얘기를 들은 적이 있었다.

당운평은 이 미개한 부족들이 흑유의 성질을 더욱 인화성이 강한 것으로 바꿀 줄 안다는 걸 깨달았다.

그것을 정제하는 그들만의 비법을 가지고 있었던 것이다.

그렇지 않다면 흑유가 이처럼 폭우 속에서도 불타오를 수 없으리라.

잠깐 사이에 목책 안은 온통 불바다가 되었다.

여기저기에서 불길에 휩싸인 병사들이 처절한 비명을 터뜨리며 쓰러져 간다.

철벅거리는 빗물 속에서 활활 불타오르는 것이기에 더욱 괴기하고 끔찍해 보였다.

삼 장 높이로 세운 튼튼한 목책도 불길에 휩싸여 숯불처럼 이글거리고 있었다.

그들을 야만족으로부터 보호하던 목책이 이제는 그들의 화장장(火葬場)이 될 참이다.

"목책을 버려! 밖으로 나가라!"

당운평이 악을 썼다.

다행히 불길이 가장 거셌던 목책 한 군데가 우르르 하는 굉음을 내며 넘어갔다.

그리로 살아남은 자들이 앞 다투어 달려나갔다.

더러는 목책의 불길이 몸으로 옮겨 붙어 비명을 지르며 마구 뒹굴어댄다.

"와아아—"

당운평과 병사들이 간신히 목책을 빠져나오자 저 앞의 밀림 속에서 함성이 들려왔다.

얼핏 보기에도 이백 명은 넘어 보이는 만족들이 벌거벗은 몸에 등갑만을 두른 채 만도(蠻刀)를 휘두르며 쏟아져 나오고 있었던 것이다.

빠드득!

당운평이 이를 갈고 신경질적으로 머리를 흔들어 빗물을 털어냈다.

목책을 빠져나온 병사들은 일백 명이 채 되지 않았다. 아직도 많은 병사들이 목책의 불길 속에서 허우적거리고 있는 것이다.

"제기랄!"

발을 구른 당운평이 부하들을 돌아보았다.

다들 넋이 나간 듯한 얼굴로 저 앞에서 무어라고 악을 쓰며 달려오고 있는 만족들을 바라보기만 하고 있다.

불에 놀라고, 갑작스런 기습에 놀라 어리둥절해 있는 그들에게서는 더 이상 척가군이 자랑하던 용맹한 모습을 찾아볼 수가 없었다.

"정신 차려! 여기서 모두 뒈지고 말 테냐!"

당운평이 악을 쓰지만 한 번 꺾인 병사들의 사기는 좀체 되살아날 기미가 보이지 않았다.

'결국 이 끔찍한 곳에서 뼈를 묻게 되는군.'

불타는 목책을 돌아보자 그런 생각과 함께 자조적인 탄식이 흘러나오는 걸 당운평 자신도 어쩔 수 없었다.

魔風俠星
第三章
토옥림(土獄林)의 악귀(惡鬼)

파앗!

느닷없이 날아온 비도(飛刀) 한 자루.

폭우에 섞인 그것의 바람 소리를 들을 수 있었던 건 운이 좋았기 때문이라고밖에 할 수 없다.

도수백이 본능적으로 젖은 땅 위를 뒹굴며 소년 주소룡을 걷어챘다.

퍽!

옆구리를 호되게 채인 주소룡은 영문을 모른 채 '음' 하는 신음을 흘리며 옆으로 쓰러졌다.

퍽!

그 순간 또 한 자루의 비도가 그가 기대고 앉아 있던 나무 깊숙이 박혀 부르르 떤다.

"굴러!"

도수백이 칼을 뽑아 들고 벌떡 뛰어 일어서며 소리쳤다.

그제야 눈치를 챈 주소룡이 즉시 데굴데굴 굴러 나무 뒤로 돌아갔다.

그사이에도 네 자루의 비도가 폭우를 뚫고 날아왔다.

도수백은 침착하게 그것들을 쳐내 주소룡이 나무 뒤로 숨을 수 있도록 해주었다.

'제기랄, 이번에도 함정이다!'

문득 산정평원에서의 일이 떠올라 등골이 서늘해졌다. 그때와 마찬가지로 이놈들도 이미 이쪽의 동향을 알고 있었던 것이다.

다른 것이 있다면 이번에는 주소룡 때문이리라.

'대체 이놈의 정체가 뭐기에 만족의 손을 빌어 죽이려는 거지?'

그런 생각이 들었을 때, 젖은 숲이 와사삭거리며 크게 흔들렸다.

'적!'

도수백은 긴장으로 몸을 사렸다.

다른 때 같았다면 그렇게 느낀 순간 벌써 땅을 박차고 먼저 뛰어들었을 것이다.

그러면 달려들던 놈들은 오히려 당황하여 움찔거리게 마
련이다. 그 순간 싸움의 주도권은 저에게로 넘어온다.

하지만 지금 그는 주소룡을 보호해야 했으므로 움직일 수
가 없었다.

포위되어 있지 않기만을 바랄 뿐이다.

"끼야아—!"

함성과 함께 후끈한 열기와 비린내가 왈칵 밀려들었다.

토옥림의 만족이 분명했다.

얼굴에 울긋불긋한 색칠을 했고, 빗물이 줄줄 흐르고 있는
맨몸뚱이 위에 물소 가죽과 등나무 껍질로 만든 단갑을 입었
다.

숲 속에서 불쑥 튀어나온 귀신같은 형상이었다.

그런 자들이 팔다리를 그대로 드러내 놓은 채 역한 숨을
훅, 훅, 불어대며 커다란 멧돼지처럼 무작정 달려들었다.

초승달 같은 만도의 새파랗게 살아 있는 칼날이 빗물을 뿌
리며 번들거렸다.

어지간한 자였다번 갑자기 니타난 만족의 그 괴이하고 흉
맹한 기세에 놀라 주저앉고 말았을 것이다. 하지만 도수백은
오히려 투지를 불러일으켰다.

"이놈!"

한 걸음 크게 내디디며 힘껏 후려친 칼에 놈의 만도가 걸렸
다.

쟁!

쇳소리와 함께 만도가 동강 나 날아가고, '으악!' 하는 비명이 터져 나왔다.

가슴이 쩍 벌어진 놈이 쿵쿵거리고 두어 걸음 스쳐 가더니 풀썩 쓰러졌다.

그 다음부터는 사방에서 떨어지는 만도의 소나기였다.

쟁강거리는 쇳소리가 쉬지 않고 터져 나와 나뭇잎을 두드리는 요란한 빗소리마저 밀어낸다.

아차 하는 순간에 목숨이 열 토막, 백 토막 나버리고 말 위태로운 상황이었다.

하지만 도수백의 칼은 침착하기가 장인의 손에 들린 조각도 같았다.

한 번 한 번 조금도 흔들리거나 머뭇거리지 않고 찍고 베어 간다.

그때마다 쟁강거리며 만도가 밀려났다.

그러면 다시 새로운 만도가 밀려오니, 도수백은 혼자서 파도를 막아선 처지나 다름없었다.

"제기랄!"

분한 외침이 절로 터져 나왔다.

주소룡이 한 팔의 힘이 되어준다면 쉽게 이 만족의 무리를 뚫고 달아날 수 있을 텐데 그렇지 못하니 더욱 화가 난다.

'오늘은 이 불사귀님이 저 꼬마 놈과 나란히 돼지는 날이

되겠구나.'

핏!

잠깐 다른 생각을 하는 사이에 만도 한 자루가 치밀한 수세를 뚫고 들어왔다.

어깨 어림에 선뜻한 감촉이 지나간다.

그게 도수백을 불처럼 화나게 했다.

빗물 속에 확 번지는 제 피를 보자 야수의 본능이 폭발한다.

도수백이 어금니를 악물고 정면의 적을 노려보며 성큼 한 발을 내디뎠다.

놈이 움찔해서 물러서는 순간 무릎을 굽혀 몸을 낮춘 그가 옆으로 맹렬하게 휘돌았다.

씨잉—

뒤에서 쳐 나온 한 자루의 만도가 아슬아슬하게 정수리 위를 스쳤고, 반 바퀴 돌아 물러선 도수백의 칼이 그놈의 허벅지를 뼈가 드러나도록 찍어놓았다.

"끄아악—!"

처절한 비명성. 그러나 도수백을 만족시키진 못한다.

그는 어느새 사나운 바람이 되어 있었다.

좌충우돌이라는 말 그대로 미친 듯 부딪치며 팔방을 어지럽게 치고 깎았다.

"으악!"

“캑!”

칼바람이 아직 사라지지 않았는데 몇 마디의 단말마가 터져 나왔다.

허공에 뿌려진 핏물이 굵은 빗줄기를 붉게 물들인다.

서걱!

또 한 놈의 목을 훑듯이 그어버리고 옆으로 물러선 순간, 옆구리에 선뜻한 감촉이 와 닿았다.

“빌어먹을!”

도수백이 분통을 터뜨리고 이를 악물었다.

쩍 벌어진 옆구리의 상처에서 선혈이 뭉클거리고 솟구쳐 오르지만 돌아볼 새가 없다.

도대체 얼마나 많은 놈들이 몰려든 건지 짐작이 서지 않았다.

칼을 힘껏 후려쳐서 코앞에 닥쳐든 만도 하나를 튕겨 버리며 힐끔 뒤를 돌아보았다.

커다란 나무를 기대고 잔뜩 웅크린 채 겁에 질려 떨고 있는 주소룡의 창백한 얼굴이 보인다.

‘미치겠군.’

절로 한숨이 새 나왔다.

하지만 여기서 이렇게 주저앉을 수는 없다.

쨍, 쨍!

다시 두 개의 만도를 튕겨내자 손아귀에 얼얼한 느낌이

왔다.

'빌어먹을!'

점점 손발의 힘이 빠져나가고 있었다.

이대로는 얼마 버티지 못할 것이다.

적은 도대체 얼마나 되는 건지, 죽여도 죽여도 끝없이 몰려들었다.

도수백의 주변에는 벌써 십여 구의 주검이 널브러져 있었고, 여기저기에서 중상을 입은 자들이 뒹굴며 질러대는 비명으로 아비규환을 이루었다.

칼날이 뭉텅뭉텅 빠져나갔을 정도로 치열한 싸움을 계속하고 있는 동안 도수백도 무사할 수는 없었다.

대여섯 군데의 크고 작은 상처에서 흘러내리는 피는 멎을 줄을 몰랐다.

지혈할 새가 없고 가만히 서 있을 수 없으니 더욱 그렇다.

정신이 갈수록 흐릿해져 갔다.

이처럼 수적으로 절대 열세인 상황에서 한 자리만을 고집하며 버티고 싸운다는 건 나를 죽여주시오, 하고 사정하는 것과 다를 바 없다.

도수백은 이런 상황에서 어떻게 하는 게 가장 효과적인 일인지 잘 알고 있었다.

움직여야 하는 것이다.

동쪽을 보고 달리다가 북쪽으로 돌아서고, 다시 서쪽으로 향하는 것.

좌충우돌이라는 말처럼 이리저리 옮겨가며 적을 끌고 다녀야 한다.

그래야 나에게 싸움의 주도권이 생기고 뚫고 나갈 기회가 생기는 것이다.

혼자서라도 달아날까 하는 유혹이 걷잡을 수 없이 밀려들었다.

달아나려면 지금이 마지막 기회였다.

조금만 더 시간이 지난다면 기력이 쇠진해 버릴 것이다. 그때는 달아나고 싶어도 달아날 수 없게 된다.

하지만 뒤를 돌아본 순간 도수백은 그런 유혹을 뿌리칠 수밖에 없었다.

겁에 질린 채 새파랗게 변한 얼굴로 이를 악물고 있는 소년.

덜덜 떨고 있는 그 모습이 두 눈 가득 들어왔다.

울고 있었다.

빗물과 뒤섞인 눈물이 뺨을 타고 줄줄 흘러내리고 있다. 그러면서 도수백을 빤히 바라본다.

칼을 뽑아 들기는 했지만 두 손을 와들와들 떨고만 있을 뿐, 지금 제가 무엇을 들고 있는지조차 잊은 것 같았다.

"제기랄!"

도수백이 다시 한 자루의 만도를 쳐내며 악을 썼다.

그는 어느덧 주소룡이 숨어 있는 나무 둥치에까지 밀려와 있었다.

한 걸음만 더 물러서면 등이 그것에 닿아버릴 것이다. 그러면 옴짝달싹 못하게 된다.

"이야아—!"

도수백의 입에서 발악 같은 고함성이 터져 나왔다.

콰콰쾅—!

그것에 대답하듯 머리 위에서 뇌전이 번쩍하더니 엄청난 벽력성이 터졌다.

짜자자작—!

쿠아앙—!

폭우 속으로 연이어 달리는 방전(放電), 그리고 지축을 흔들어대는 굉음.

귀를 먹먹하게 하는 그 소리에 만족들이 움찔하고 몸을 사리자 도수백에게 숨을 돌릴 수 있는 한 줌의 여유가 생겼다.

"흐읍파!"

혼탁해진 숨을 두어 번 크게 들이켜고 격하게 내뱉어 거칠어진 호흡을 다스린 그가 미친 듯 칼을 휘두르며 만족들 속으로 돌진해 들어갔다.

"우와아악—!"

그의 고함 소리가 우르릉거리며 남아 있는 벽력성의 여음을 뚫고 울려 퍼진다.

그는 이성을 잃은 것 같았다.

머리 위에 떨어진 뇌성벽력이 그를 미치게 했거나, 아니면 마성(魔性)을 갑자기 불어넣은 건지도 모른다.

그의 칼이 지금껏 보아왔던 것과는 비교할 수 없이 용맹하고 거칠게 허공을 갈랐다. 이제는 그것이 뇌전이 되어 폭우를 찢어댄다.

창창창—!

요란한 쇳소리가 터져 나오고, 몇 마디의 참혹한 비명성이 뒤를 따랐다. 비릿한 선혈이 확 뿜어져 눈앞을 붉게 물들인다.

"끼야아—!"

도수백이 다시 벽력성 같은 고함을 내질렀다.

얼굴에 튄 핏물이 비와 섞이며 눈으로 흘러들어 앞을 볼 수가 없다.

이런 때 누구라도 달려와 도와준다면 열 배의 힘이 날 것이다.

하지만 지금은 곁에 아무도 없었다.

고립무원(孤立無援).

그 절망적인 상황에 참을 수 없이 화가 났다.

이렇게 죽어도 원은 없다고 생각했다.

하지만 그전에 한 놈이라도 더 지옥으로 끌고 갈 것이다.

그런 지독한 마음이 되어서 얼굴에 흘러내리는 핏물을 훔치는 순간, 허벅지에 뜨거운 고통이 파고들었다.

"윽!"

도수백이 무거운 신음을 흘리며 휘청거렸다.

허벅지를 깊게 훑으며 만도 한 자루가 스쳐 지나갔던 것이다.

왼쪽 다리에 갑자기 힘이 풀렸다.

그가 저도 모르게 한쪽 무릎을 꿇고 주저앉았다.

톱처럼 되어버린 칼을 지팡이 삼아 버티고 있는데, 정신을 차린 만족들이 다시 무어라고 악을 써대며 달려들었다.

이를 갈아대지만 도수백에게는 이제 더 이상 버틸 힘이 없는 것처럼 보였다.

떨어지는 만도가 금방이라도 그의 목을 잘라 버릴 것 같다.

"안 돼!"

그 순간 믿지 못할 일이 일어났다.

나무 뒤에서 두려움에 벌벌 떨기만 하던 소년 주소룡이 악을 쓰며 튀어나왔던 것이다.

챙!

소년의 칼이 도수백의 목덜미로 떨어지는 만도를 쳐냈다.

"이야아아—!"

터뜨리는 고함 소리가 폭우를 찢는다.

도수백이 잔뜩 눈살을 찌푸렸다.

한눈에 소년이 지금 온전한 상태가 아니라는 걸 알 수 있었던 것이다.

주소룡은 도수백이 백척간두의 위기에 처해 있는 걸 본 순간 반사적으로 튀어나간 것인데, 그러자 지나친 두려움이 광기로 변하여 그를 지배했다.

주소룡이 저도 모르게 도수백의 위기에 반응한 것은 본능이었다.

그리고 그것은 이 넓은 천하에서 지금 이 순간 믿고 의지할 사람이라고는 오직 그 한 사람뿐이라는 생각이 가져다준 것이기도 했다.

유일한 보호자가 죽는다는 것. 그건 곧 자신의 생명줄이 끊어진다는 것과 같다.

본능적으로 그걸 느낀 순간 주소룡의 머릿속은 텅 비어버렸다.

오직 도수백을 구해주고, 저 악귀 같은 만족들을 물리쳐야 한다는 일념으로 모든 이성이 묻혀 버린 것이다.

그래서 그는 광기에 사로잡혔다.

"우와아악!"

주소룡이 짐승 같은 포효를 터뜨리며 미친 듯 칼을 휘둘렀는데, 그게 도수백을 어리둥절하게 했다.

"으아악!"

"크악!"

사방에서 쏟아지는 비명 소리들.

주소룡의 칼은 도수백의 그것을 닮은 듯했다.

무지막지하달 만큼 용맹하고 잔혹하다.

그의 칼이 쏟아지는 빗물을 사방으로 튕겨내며 번쩍일 때마다 만도가 부러져 날아가고 비명이 솟구쳤다.

"꼴에 한가락 하는 솜씨가 있었군 그래."

주소룡의 광란에 찬 칼부림을 지켜본 도수백이 피식 웃더니 벌떡 일어섰다.

위기를 넘기고 맞은 잠깐의 휴식이 그에게 다시 맑은 정신과 함께 투지를 돌려준 것이다.

살기로 번들거리는 핏발 선 눈을 부릅뜨고 성큼성큼 다가가는 사이에도 주소룡은 다시 두 명의 만족을 찍어 쓰러뜨리고 있었다.

비록 광기에 휩싸여 미친 칼부림을 하고 있었지만 주소룡의 칼에서는 일정한 법식이 엿보였다.

그는 무예를 수련한 자였던 것이다.

기대하지도 않았던 주소룡이 의외로 훌륭하게 제 몫을 해내자 도수백도 용기백배해졌다.

몸의 상처가 움직임을 고통스럽게 하고 있으나, 죽는 것에 비하면 그건 아무것도 아니다.

"끼요옷!"

광렬한 외침을 터뜨린 그가 주소룡의 왼쪽을 맡아 쳐들어갔다.

그의 칼이 번쩍일 때마다 만족들이 두려움에 떨며 물러선
다.

도수백의 기백과 악에 질리고 살기에 질린 것이다.

한쪽에서는 주소룡의 광기가 만족들을 주춤거리며 물러서
게 하고 있었다.

두 사람은 서로를 돌볼 새도 없이 싸웠다.

수많은 만족들에게 몇 겹으로 에워싸였지만 그게 위험하
다는 걸 생각할 새가 없다.

그저 제 눈앞에 있는 적을 찍고 또 찍으며 무작정 앞으로
나아갈 뿐이다.

그들이 지나온 길은 그래서 혈로(血路)가 되었고, 주검의
길이 되었다.

힘차게 발을 내디딜 때마다 질퍽하게 흐르는 핏물이 사방
으로 튄다.

"헉, 헉! 도대체 언제까지… 이래야 하는 거지요?"

주소룡이 숨을 헐떡이며 물었다.

도수백은 대답할 수 없었다.

풀무 같은 숨을 내뿜으며 머리를 설레설레 흔들 뿐이다.

칼을 지팡이 삼아 겨우 버티고 서 있는 주소룡은 거의 탈진
할 지경에 이른 것 같았다.

그렇게 미친 듯 칼을 휘둘러 광기를 발산하고 나자 마음은
가라앉았는데, 그 대신 피곤이 밀려들어 꼼짝할 수 없게 된

것이다.

도수백도 형편이 나은 건 아니었다.

크고 작은 부상과 쉴 새 없는 싸움으로 인해 황소 같은 그도 지칠 대로 지쳐 있었다.

당장 칼을 집어 던지고 드러눕고만 싶다.

저만큼 물러나서 넓게 에워싸고 있던 만족들이 다시 슬금슬금 밀려오기 시작했다.

두 사람의 힘이 바닥났다는 걸 아는 것이다.

'여기가 끝이군요.'

'제기랄, 그러면 그런 거지, 뭐.'

마주 보는 주소룡과 도수백의 눈길이 그런 생각을 주고받았다.

도수백은 제가 언제든 칼바람 속에 고꾸라져 죽을 거라고 생각하고 있었다.

그게 제 팔자요 운명이라고 여기고 산다.

그래서 살고 죽는 일에 대한 집착을 끊은 지 오래되었지만 이처럼 지옥 같은 밀림 속에서는 아니라고 생각했다.

이런 폭우 속에서도 아니다.

누군지 알지도 못하는 애송이 한 명을 지키려다가 만족들의 칼에 난도질당해 죽는 건 더더욱 아니다.

억울하다는 생각을 하고 있는데, 주소룡이 불쑥 말했다.

"나는 이런 곳에서 이렇게 죽어서는 안 되는 사람이거든요?"

엉뚱한 말이다.

도수백이 눈살을 찌푸렸다.

"제기랄, 언 놈은 이런 데서 이렇게 뒈져도 상관없고 언 놈은 안 된다는 거냐?"

"나는, 나에게는… 반드시 풀어야 할 한이 있어요. 그 한을 풀기 전에는 절대로 죽어서는 안 됩니다. 죽을 수 없어요."

"한이야 나도 넘치도록 많은 놈이다. 개소리하지 말고 한 놈이라도 더 쳐죽이고 뒈질 궁리나 해."

"당신은… 도 형은 몰라요, 내가 누구인지."

"알고 싶지도 않다."

퉁명스럽게 쏘아붙인 도수백이 쓰러질 것처럼 앞으로 튕겨 나가며 온 힘을 다해 칼을 휘둘렀다.

씨잉—

"크아악!"

"억!"

그의 칼이 빗물을 튕기며 열십자를 긋듯 종횡으로 무찔러 나갔고, 주소룡을 노리고 달려들던 두 놈이 참혹한 비명을 터뜨리며 무너졌다.

잠시 소강상태에 빠져들었던 싸움은 그렇게 다시 시작되었다.

"아버지—!"

주소룡이 벌떡 몸을 일으키며 터뜨린 커다란 외침에 도수백은 움찔하고 칼을 멈추었다.

주소룡은 울고 있었다.

눈물을 철철 흘리면서 다시 미친 듯 칼을 휘둘렀는데, 꺼져 가는 제 기력을 되살리는 주문이라도 되는 것처럼 쉴 새 없이 '아버지' 를 중얼거리고 있었다.

그리고 그때마다 한 놈씩 목이 찍히고 어깨가 찍혀 나뒹군다.

"대단한걸?"

경황 중에도 도수백은 주소룡의 그 정확하고 깨끗한 도법에 감탄을 터뜨리지 않을 수 없었다.

그는 확실히 제대로 된 무예 수업을 한 자라는 걸 다시 한 번 확인했다.

전쟁터에서 오직 실전의 감각만으로 다져지고 사나워진 자신의 칼과는 달랐던 것이다.

도수백은 이 소년이 무언가 한 맺힌 사연을 간직하고 있다는 걸 확실히 알 수 있었다.

하지만 그게 무엇이 되었든 이곳에서 죽어버린다면 아무 소용도 없으리라.

"기요성―!"

주소룡이 아버지를 부르듯, 도수백은 불쑥 기요성이라는 이름을 부르며 칼을 휘둘렀다.

기요성(奇曜星).

이런 절박한 상황에서 저도 모르게 그 이름이 튀어나온 건 평소에 깊이 품고 있었던 그놈에 대한 신뢰 때문이었다.

간절한 바람이기도 하다.

기요성 그놈이 여기 있다면 백 명, 이백 명의 원군을 곁에 둔 것보다 더 큰 힘이 되리라는 믿음인 것이다.

당운평의 별동대에서 그놈의 숨겨진 힘을 아는 자는 군장(軍將)인 당운평과 도수백 두 사람뿐이었다.

하지만 그놈이 이곳에 왔을 리가 없다.

지금 이곳에는 오직 자신과 주소룡 둘뿐이라는 걸 새삼 깨달은 것에 불과하다.

그런 생각으로 도수백이 절망에 빠져드는데, 그때 기적처럼 그놈이 제 흔적을 드러냈다.

시잇―

짧고 높은 파공성과 그것에 반응하듯 터져 나오는 비명.

"컥!"

시잇, 시잇―

화살들이 폭우를 뚫고 번쩍이며 연달아 날아들었다.

한 대도 빗나가는 법 없이 정확한 것도 놀랍지만, 잠깐 사이에 십여 대를 쏘아대는 속사의 솜씨는 더욱 놀라운 것이었다.

한 대에 한 놈씩. 모두 뒤통수나 정수리가 꿰뚫려 퍽퍽 넘어진다.

머리통을 관통해서 빠져나올 만큼 화살에 실린 힘이 대단
했다.

"왔다!"

도수백이 환희의 외침을 터뜨렸다.

궁수를 보지 않았어도 그놈, 기요성의 솜씨라는 걸 한눈에
알 수 있었던 것이다.

간절히 원하는 것은 이루어진다던가.

여태까지 겪어왔던 그 모든 상황보다 훨씬 절박한 상황에
부딪쳐 아무 생각 없이 본능적으로 기요성을 떠올리고 원했
을 뿐이다.

그런데 마치 다 알고 있다는 듯 그놈이 정말 이렇게 제 흔
적을 드러내며 다가온 것이다.

기적이라는 생각이 들었고, 부쩍 힘이 솟았다.

잠깐 사이에 십여 명이 그렇게 쓰러지자 만족들이 다시 주
춤거리며 물러섰다.

"이쪽으로 튀어!"

왼쪽, 짙은 숲의 음영 속에서 폭우를 뚫고 들려온 귀에 익
은 음성.

"가자!"

도수백이 주소룡의 손을 잡아끌며 구르듯 그곳을 향해 달
려갔다.

핏, 핏, 핏!

몇 대의 화살이 그를 엄호해 준다.

뒤따르던 만족들이 다시 몇 놈을 잃고 멈추어 서서 분한 괴성을 질러댔다.

"어떻게 된 거야? 대체 어떻게 알았어?"

도수백이 흥분과 기쁨으로 소리치며 멱살을 쥐고 흔드는 사내.

빗물에 씻겨 드러난 얼굴이 분을 바른 듯 하얀 자였다. 웃고 있는 눈이 별처럼 반짝인다.

붉은 입술 사이로 살짝 드러나는 가지런한 치아, 그리고 홍조 띤 볼과 계란을 세워놓은 듯 부드러운 턱.

계집이 아닐까 싶을 만큼 깨끗하고 단아한 얼굴의 사내였다.

그래서 주소룡은 눈을 크게 뜨고 멍하니 그를 바라보기만 했다.

기요성이다.

그는 단갑을 입고 활을 들었는데, 등에 진 전통(箭筒)에 아직 대여섯 개의 화살이 남아 있었다.

병영의 병사 대부분이 실전에서 위력적인 도(刀)를 개인 병기로 삼는 데 비해 기요성은 특이하게도 한 자루의 검을 차고 있었다.

그것이 허리띠에 매달려 대롱거린다.

고동색 낡은 검집에 귀품(貴品)이 어려 있는 것이 보검이
분명해 보였다.

도수백이 흔들면 흔드는 대로 제 몸을 맡겨두고 있던 기요
성이 소리없이 웃었다. 그리고 턱짓으로 도수백의 등 뒤를 가
리켰다.

"저기 또 온다."

魔風俠星
第四章
유령이 된 자들

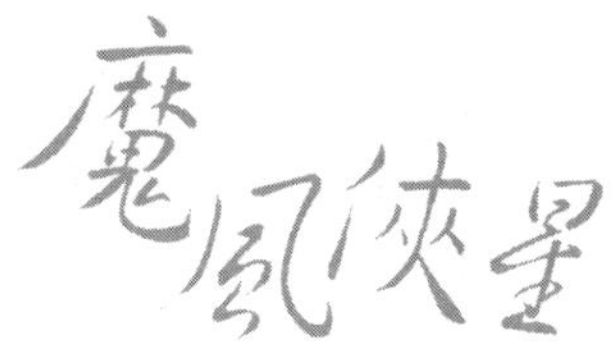

더 이상의 싸움은 무의미하다. 그래서 도수백은 기요성의 부축을 받으며 정신없이 숲 속을 달려야 했다.

방향도 잃어버린 채 족히 한 시진은 그렇게 달렸다.

대체 어디로 가는 건지, 어디로 가야 하는 건지 알 수가 없었다.

보이는 건 모두 까마득히 치솟은 울창한 나무들뿐이기 때문이다.

"좀 쉬자."

기요성을 밀어낸 도수백이 물기 번들거리는 바위를 등지고 털썩 주저앉았다.

그새 폭우는 그쳐 있었으나 아직 숲은 자욱한 안개 속에서 빗물을 뚝뚝 떨어뜨리고 있었다.

"어디 좀 보자. 이쪽 허벅지의 상처는 제법 심각한 것 같은데?"

도수백의 몸 여기저기를 살펴보던 기요성이 왼쪽 바지 자락을 쭉 찢었다.

말라붙을 새가 없이 계속 터져 흘러내린 피로 인해 도수백의 왼쪽 다리는 온통 붉게 물들어 있었다.

만도에 베어 쩍 벌어진 상처 속이 하얗다.

"쯧쯧, 무식한 놈. 이 지경이 되도록 그냥 놔두고 있었단 말이냐? 쯧쯧, 다리가 욕한다, 이놈아."

"빌어먹을 놈."

기요성의 투덜거림을 듣던 도수백이 풀썩 웃고 외면했다. 금창약을 고루 뿌리고 난 그가 품에서 돌돌 만 가죽 조각을 꺼냈기 때문이다.

기요성이 그것을 풀어놓았다.

안에서 굽은 바늘과 실, 크고 작은 금침, 가느다란 대롱처럼 생긴 몇 개의 동관(銅管)과 유지(油紙)에 싸놓은 고약 등, 일상에서는 좀체 보기 힘든 기물(奇物)들이 모습을 드러냈다.

기요성이 굽은 바늘에 실을 묶더니 익숙한 솜씨로 쩍 벌어진 도수백의 상처를 꿰맸다.

그의 손놀림은 마치 외과적인 요상법(療傷法)에 아주 밝은 의생의 그것 같았다.

상처 위에 다시 한 번 금창약을 바르고, 품에서 면포를 꺼내 단단히 묶어준 기요성이 도수백의 등짝을 철썩 때렸다.

"다 됐다. 나머지 상처들이야 뭐 그냥 놔두면 저절로 나을 거야."

굵은 바늘이 생살을 뚫는 아픔을 참느라고 잔뜩 눈살을 찌푸리고 있던 도수백이 길게 한숨을 내쉬었다.

"제기랄, 어떻게 된 게 칼에 맞을 때보다 네놈의 바늘에 찔리는 게 더 아프다."

주소룡은 그때까지도 멍한 얼굴로 도수백과 기요성을 바라보기만 했다. 말을 잃은 사람 같고, 넋이 나간 사람 같기도 하다.

그를 본 기요성이 비로소 빙긋 웃으며 포권했다.

"공자, 무사하셨으니 다행입니다."

"당신은, 당신은 나를 아시나요?"

주소룡이 깜짝 놀라 물었지만 기요성은 환하게 웃는 걸로 대답을 대신할 뿐이다.

그가 다시 말했다.

"공자의 용맹이 대단하더이다. 그만한 솜씨를 지닌 분이 어째서 그렇게 겁쟁이의 모습을 보였소?"

"나는, 나는… 사람을 죽여본 적이 없어요. 죽는 게 무섭고 싫어……. 그런데 그들이, 그놈들이 형님을… 그리고 이제는,

이제는 아버지까지…… . 하지만 나는 죽어서는 안 돼…… ."

횡설수설하는 동안 주소룡은 다시 겁에 질린 소년이 되어 있었다.

제가 조금 전에 어떤 짓을 했는지 떠올리고 그것 때문에 더 놀라고 무서워서 벌벌 떤다.

기요성이 그런 소년을 위로했다.

"공자, 전쟁터에 나오면 누구나 다 살인자가 되는 거요. 내가 죽지 않으려면 할 수 있소?"

"……!"

"여기 이놈을 보시오. 이놈은 평소에는 멀쩡한데 전장에 나오면 악귀 그 자체가 된다오. 그동안 이놈 손에 죽은 자들만 해도 수백 명은 될걸?"

주소룡의 얼굴에 조금씩 안정이 찾아든다.

기요성이 빙긋 웃고 다시 말했다.

"그러니 오늘 공자가 한 일은 가히 조족지혈이라고 할 수 있지. 마음에 담아둘 것 없소."

잠시 숨을 돌리며 무엇을 생각하는 듯하던 기요성이 다시 말했다.

"세상이 그 자체로 전쟁터나 다름없는데, 어디에 있든 평화로울 날이 있겠소? 감상과 연민은 나를 나약하게 할 뿐, 살아가는 데 별 도움이 안 된다오."

"…… ."

그의 말에 많이 안정된 듯했으나 주소룡의 얼굴에 덮인 어둠은 가시지 않았다.

무엇을 생각하는지 소년은 초점없는 눈길로 멍하니 허공을 바라보기만 했다.

그리고 한참 만에 불쑥 중얼거렸다.

"그렇지. 세상일이라는 게 다 그래. 내가 죽지 않으려면 남을 죽일 수밖에 없어. 그런 거야……."

그는 이 비정한 세상 속에 홀로 내던져졌다는 걸 처음으로 절실히 느꼈다. 그래서 더욱 가슴이 아파졌다.

한 인간으로 훌륭하게 성장하기를 바라던 아버지와 사부들.

그들의 기대에 부응하기 위해 긴장의 끈을 늦추지 않고 살아왔던 그 모든 날들이 갑자기 허무해졌다.

'이 일로 인해 그는 과연 어떤 사람으로 변해갈까?'

기요성은 그런 생각을 했다.

오늘의 싸움과 제가 한 말이 이 귀공자의 앞날에 큰 영향을 미칠 것임을 짐작한다.

"자, 또 움직여 봐야지. 놈들이 일 리 밖까지 따라왔어."

기요성이 상념을 떨치고 도수백의 어깨를 두드렸다.

"너는 네가 이곳에 온 이유를 아직 말해주지 않았다."

도수백이 힘겹게 일어서며 말했다. 기요성이 피식 웃는다.

"아직도 모르겠어? 당 장군의 속마음을 말이다."

"당 장군이 보냈다고?"

"네가 주 공자를 데리고 무사히 돌아오기를 바라니까. 그게 장군의 본심이다."

"그렇다면 이건 역시 함정이었군."

"그래. 주 공자를 죽이기 위한 함정이었지."

"제기랄, 나는 영문도 모르고 저승으로 가야 할 신세였구나? 개자식들 같으니!"

도수백이 벌컥 화를 냈다.

기요성에게도 아니고 당 장군에게도 아니다. 누군지 알 수 없는 그 두 놈의 흑의인에게였다.

그리고 주소룡에 대해서도 화가 났다.

누군지도 모르는 놈을 위해 제가 저승길의 동행자로 나서는 신세가 되지 않았던가.

"미안해요."

도수백의 사나운 눈길을 받은 주소룡이 고개를 숙이고 조그맣게 말했다.

기요성이 도수백의 등을 떠밀었다.

"그들이 점점 가까워지고 있어. 지금 움직이지 않으면 곧 덜미를 잡힐 거다."

"그걸 어떻게 알죠?"

주소룡이 어리둥절해서 사방을 둘러보며 물었다. 기요성은 또 피식 웃는다. 버릇인 것 같았다.

"다 아는 수가 있다오. 나는 앞서 가겠으니 이제는 공자가
이 멧돼지 같은 친구를 부축해 줘야겠소."

삐이—
왼쪽에서 작고 가냘픈 새 울음소리가 들린다.
"저쪽."
도수백이 망설임없이 그 방향을 가리켰고, 주소룡은 그를
부축하여 부지런히 숲을 헤치고 나아갔다.
휘파람 같기도 한 새 울음소리는 주기적으로 들려왔다. 그
때마다 매번 방향이 바뀐다.
그렇게 다시 한 시진쯤 쉬지 않고 나아갔는데, 한 번도 매
복에 걸리지 않았다.
이제는 추격자들도 멀어졌는지 아무런 기척도 느껴지지
않았다.
축축하고 어두운 숲 속에 헐떡이는 주소룡의 숨소리만 울
린다.
"그는 안전한 길을 어떻게 그리 잘 아는 거지요?"
주소백이 이마의 땀을 훔치며 다시 물었다.
"다 아는 수가 있지. 그놈만의 재주니까 신경 쓰지 않아도
돼."
"그래도 궁금하군요. 그는 용케도 만족들이 없는 곳으로만
우리를 인도해 가고 있어요."

“그놈의 재주라니까. 그보다 너에 대한 얘기를 좀 더 해
봐.”

“…….”

“그놈이 너에게는 함부로 말하지 않더군. 그건 곧 너의 정
체를 안다는 건데… 그게 뭐지?”

경계의 눈길로 힐끔힐끔 바라볼 뿐 주소룡은 입을 열려 하
지 않았다.

도수백이 잔뜩 화가 난 얼굴로 노려보았다.

“이봐, 나는 네가 어떤 놈인지 모르고, 상관도 없다. 하지
만 너 때문에 죽을 뻔했어. 네가 아니었다면 이 꼴이 되지도
않았을 거다.”

“미안해요. 그리고 고맙게 생각하고 있어요.”

“그렇다면 말해봐. 내 목숨을 내던져 가면서 너를 지켜줬
다. 그런데 누군지도 모른다면 억울하지 않겠어?”

“미안해요. 언제든 오늘 진 신세는 반드시 갚겠어요.”

주소룡이 고개를 숙였다.

그는 나무 뒤에서 두려움으로 떨며 지켜보았던 일을 떠올
렸다.

새삼스럽게 그때 도수백은 과연 악귀 같았다는 생각이 든
다.

멀쩡해 보이는 이 사내가 어떻게 그렇게 미친 듯이 만부부
당(萬夫不當)의 용맹을 가지고 맹수처럼 사나워졌던 건지 의

아해지기도 했다.

주소룡은 도수백의 칼을 평생 잊지 못할 것이라고 생각했다.

그 강렬함과 투지를 생각하면 또 다른 두려움이 생긴다.

도수백의 칼은 명가의 무예를 닦은 칼이 아니었다.

척가군에서 익힌 병영의 무예였는데, 수많은 싸움을 통해서 그것을 더욱 실전적이고 용맹한 자신만의 도법으로 발전시켰다.

단순한 도법 속에 깃들어 있던 무지막지한 위력. 그건 악이고 일격필살의 투지이며 과감함이었다.

그 앞에서 상대는, 그게 어떤 자이든 칼을 받기도 전에 먼저 두려움을 느끼고 주춤거리게 되리라.

두려움으로 위축된 자가 제대로 실력을 발휘해서 싸울 수는 없다. 그러니 승리는 매번 도수백의 것이 될 수밖에 없다.

주소룡은 눈앞의 사내가 신기하게만 여겨졌다.

비록 거칠고 투박하게 생겼지만, 아무리 봐도 지금은 그저 평범한 정년일 뿐이니 그렇다.

그 평범한 사내 도수백이 다시 말했다.

"너에게 어떤 사연이 있는지 말해주지 않는다면 나도 이제 더 이상 너를 위해 내 목숨을 내던지는 미련한 짓 따위는 하지 않겠다."

앞으로는 네 스스로 알아서 죽든지 살든지 하라는 말이다.

주소룡이 울 듯한 얼굴을 했지만 도수백은 외면하고 바라보지도 않았다.

그는 어쨌든 제 소임을 다했다고 여겼다.

당운평의 뜻대로 이 소년 병사를 무사히 지켜주었으니 그렇다.

군영으로 돌아가서 그에게 소년을 넘겨주고 나면 이 일에서 손을 떼겠다고 생각했다.

복잡한 일에 얽혀봐야 좋을 게 하나도 없을 것이기 때문이다.

삑, 삐이—

저 앞쪽 음침한 어둠 속에서 다시 새 울음소리가 들려왔다.

이번에는 빠르고 높다.

생각에 잠겨 있던 도수백이 칼을 움켜쥐었다.

*　　*　　*

꿰맨 상처가 다시 터진다면 더 이상의 치료가 불가능해진다.

그래서 도수백은 큰 나무에 등을 기대고 다리를 뻗댄 채 편히 앉아 있었다.

품에서 건포를 꺼내 빗물에 적셔가며 우적우적 씹는 것이 태평해 보인다.

하지만 그의 앞에 펼쳐지고 있는 광경은 조금도 평온하지
않았다.

"캑!"

숨이 끊어지기 직전의 비명 소리.

"열둘."

도수백이 건포를 우물거리며 볼멘소리로 숫자를 세었다.

"끄아악!"

"컥!"

"열셋, 열넷."

다시 건포 한 조각을 입에 넣으며 힐끔 주소룡을 바라본다.

소년은 손등에 불끈불끈 힘줄이 서도록 칼을 움켜쥔 채 벌
벌 떨고 있었다. 핏발 선 눈을 부릅뜨고 어금니를 딱딱 마주
친다.

그가 바라보는 곳에서는 한바탕 처절한 혈투가 벌어지고
있었다.

뜨거운 차 한 잔 마셨을 만한 시간이 지나도록 기요성 혼자
의 몸부림이 계속되고 있었던 것이다.

잠시 그쳤던 비가 다시 내리고 있었는데, 폭우는 아니었지
만 밀림을 적시기에는 충분한 그런 비였다.

그 빗속에서 기요성의 검무(劍舞)는 새파란 요기(妖氣)를
띠고 번쩍였다.

창백한 보검이 허공을 가를 때마다 튕겨지는 빗방울이 아

름답다.

"끄으으―"

또 한 놈이 길게 베어진 목을 움켜쥐고 무너졌다. 그리고 도수백의 투덜거리는 소리.

"열다섯. 좀 더 빠르게 못하나?"

쨍!

한 자루의 만도를 쳐낸 기요성이 힐끔 돌아보았다. 장난스 럽게 입술을 삐죽 내밀어 보인다.

일 다경 가까이 혼자서 서른 명이 넘는 적을 맞아 싸우면서 도 그는 여유를 잃지 않고 있었다.

거칠고 사납기로 이름난 만족들이었지만 기요성의 검을 뚫고 한 걸음도 나오지 못한다. 그래서 도수백과 주소룡은 편 하고 안전했다.

계집처럼 곱고 아름다운 사내.

그가 지금은 요괴라도 된 듯 요악한 모습으로 변해서 부드 럽게 검을 휘두르고 있다.

빗물에 씻겨 흘러내린 머리카락이 얼굴을 반쯤 가렸고, 그 래서 그 사이로 언뜻언뜻 드러나는 창백한 얼굴과 투명한 눈 이 더욱 요사스러워 보였다.

다시 세 명의 동료를 잃은 만족들이 주춤거리며 물러서기 시작했다.

두려워하고 있다는 게 느껴진다.

저놈은 사람이 아니라 요괴요, 요물이라고 생각하는지도 모른다.

아니, 그럴 것이다.

기요성이 한 손으로 머리카락을 쓸어 넘겼다.

물에 씻긴 달처럼 드러나는 창백하고 아름다운 얼굴.

그것을 본 만족들의 두려움이 더욱 커졌다.

주춤거리며 자꾸 물러선다.

그러면서 기요성을 손가락질하며 저희들끼리 무어라고 마구 소리쳐 댔다.

"네놈은 누구냐!"

갑자기 터져 나온 한어(漢語).

도수백과 주소룡이 깜짝 놀라 고개를 빼고 그쪽을 바라보지만 기요성은 그럴 줄 알고 있었다는 듯 태연하기만 했다.

빗물에 씻기고 있는 무표정한 얼굴을 들어 물끄러미 바라볼 뿐이다.

만족들을 헤치고 두 명의 건장한 사내가 앞으로 나왔다.

복장으로 보아 한족이 분명하고, 눈빛과 기세로 보아 강호의 물을 먹고사는 자들이 분명했다.

그것도 고수일 것이다.

숨결이 거칠어져 있는 것이 연락을 받고 쉴 틈 없이 달려온 모양이다.

"네놈은 당운평의 병졸이 아니지?"

눈매가 가늘고 날카로운 자가 차갑게 묻는다.

기요성이 히죽 웃었다.

"그러는 형씨는 토옥림의 만족이 아닌 것 같구려?"

"우리는 오 장군을 모시는 사람들이다."

"흥, 오평의 도적 떼 속에 몸을 감추고 있는 강호의 고수들이셨군?"

"잔말 말고 저 어린 놈을 우리에게 넘겨라! 그러면 더 이상 너희들을 귀찮게 하지 않겠다."

"주 공자의 뜻이 어떨지 모르겠구려?"

주소룡이 새파랗게 질린 채 머리를 마구 가로저었다.

"본인이 싫다는구려."

어쩔 수 없다는 듯 어깨를 으쓱해 보이는 기요성의 입가에 조소가 떠올랐다.

눈매 가는 자가 살기를 드러내고 날카롭게 말했다.

"너희가 어떤 놈들이든 상관없다. 내 말을 듣지 않는다면 오늘 이곳에서 뒈져 짐승 밥이 될 거다."

고개를 약간 숙이고 잠시 침묵하던 기요성이 빙긋 웃었다.

눈앞의 사내를 상대하지 않고 도수백을 돌아보며 태연하게 말한다.

"마지막인 것 같은데? 일 리 안에는 아무도 없어."

"그럼 가야지, 뭘 꾸물거리고 있는 거냐?"

"그래야겠지?"

다시 돌아선 기요성이 두 사내에게 친근한 미소를 지어 보였다.

"당신들은 행세깨나 하는 강호의 고수로 보이니 이놈들보다 재미있겠군. 자, 어울려 봅시다."

"죽일 놈."

눈매 가는 자가 이를 부드득 갈더니 왼쪽으로 몇 걸음 비켜섰다.

그러자 내내 침묵하고 있던 또 한 명, 매부리코에 세 가닥 턱수염을 기른 중년의 음침하게 생긴 사내가 나섰다.

"나는 문필교이고 동행해 온 저 친구는 나의 의제인 곽부염이네. 강호에서는 우리를 하남이웅이라고 부르는데, 들어 봤겠지?"

색혼마편(索魂魔鞭) 문필교(文弼敎)와 하안독검(鰕眼毒劍) 곽부염(郭負鹽).

그들 두 사람은 하남 지방에서 악명을 떨치던 흑도의 마두였다.

지닌바 무공이 기이하고, 성격이 음험, 독랄하여 상대하기 까다로운 자들이다.

그래서 강호에서는 그들을 두고 하남을 어지럽히는 두 도깨비라는 뜻으로 하남이매(河南二魅)라 했는데, 문필교는 그걸 하남이웅(河南二雄)이라고 고쳐 말한 것이다.

기요성이 알겠다는 듯 머리를 끄덕였다.

"당신들이 바로 겁도 없이 황제 폐하에게 진상되는 공물을 털었다는 하남의 두 도깨비로군?"

벌써 삼 년 전의 일이었다.

"동창의 추격을 받아서 얻었던 것도 다 빼앗기고 겨우 목숨만 구해 달아났다는 소문은 들었지. 하긴, 천금이 있으면 뭐 하겠어, 우선 살고 봐야지?"

조롱하는 말에 문필교의 눈빛이 험악해졌다.

하지만 그는 인내심을 발휘하여 성질을 억누르고 다시 물었다.

"조금 전 자네의 검법을 보니 화산파의 진전을 받은 것 같더군?"

탐색하듯 기요성의 싸늘한 얼굴을 바라본다.

기요성이 다시 히죽 웃었다.

"귀하는 그래도 눈깔이 제대로 박혔구려."

"으음—"

문필교가 된 숨을 내쉬었다.

평소의 그였다면 당장 달려들어 두 손에 가득 피를 묻혔을 테지만 지금은 그러지 못했다.

기요성의 검법을 똑똑히 보고 난 뒤라 마음 한구석에 꺼림칙한 느낌이 들었던 것이다.

"화산의 어떤 고인에게서 가르침을 받았는지 모르나 그대 혼자서는 우리 두 사람을 상대하기 어려울 것이네."

슬쩍 기요성 뒤의 도수백과 주소룡을 바라보며 하는 말이
다.

도수백은 심각한 부상을 입었으니 조금도 도움을 줄 수 없
으리라고 판단한 게 분명했다.

주소백이야 한낱 철부지 아이로 보였으리라.

"호호, 천금보다 목숨이 중요하지. 그대들은 그렇지 않은
가? 저 꼬마 녀석보다 그대들의 목숨이 더 중요할 텐데?"

협박이 분명했지만 기요성은 히죽 웃을 뿐 대꾸하지 않았
다.

"좋네. 자네가 무슨 까닭이 있어서 화산을 떠나 병영에 몸
을 던졌는지는 묻지 않겠네. 누구든 말 못할 사정은 있게 마
련이니까. 그러나 우리에게는 저 주 공자가 꼭 필요하다네.
그를 넘겨준다면 곱게 이곳을 떠나도록 해줄 뿐 아니라 한 관
의 금을 주지. 서로 낯을 붉히지 않고 해결할 수 있으면 좋지
않겠나?"

"너그러우시군. 하지만 나는 나라에서 매달 석 냥의 녹을
받고 있는 몸이니 과한 금은 필요치 않다오."

"형님!"

저쪽으로 물러서 있던 하안독검 곽부염이 기어이 분통을
터뜨렸다.

"무슨 말이 그렇게 많소? 당장 저 요악한 놈을 쳐죽이면 그
만이지!"

그 말에 자극을 받은 듯 문필교의 눈빛에도 살기가 짙어지기 시작했다.

기요성의 뜻이 단호하니 달리 방법이 없기도 하다.

돌아가는 사정을 구경하듯 지켜보던 도수백이 칼을 집고 천천히 몸을 일으켰다.

왼쪽 발을 절룩거리며 다가와 기요성 곁에 서더니 턱으로 눈매 가는 사내 하안독검 곽부성을 가리킨다.

"저놈은 내가 상대한다."

기요성이 어이없다는 듯 바라보았다.

"그 몸으로 괜찮겠어?"

"강호의 고수라는 것들이 대체 얼마나 센지 한번 보지."

"하긴……."

강호의 고수라고 다를 건 없다. 누가 되었든 제대로 한 칼을 맞으면 죽는다.

그리고 그런 칼질에 있어서만큼은 도수백이 누구보다 무시무시한 솜씨를 지녔다는 걸 기요성은 잘 알고 있었다.

문제는 그의 왼쪽 허벅지 부상이 심각하다는 건데, 그거야 도수백이 알아서 하리라고 믿었다.

자신이 없다면 나서지 않았을 테니까.

"저자의 검을 조심해. 만만한 자가 아니다."

그래도 한마디 주의를 주는 건 전장에서 쌓은 우정 때문이다.

기요성의 말에 도수백이 시커먼 얼굴을 활짝 펴며 소리없이 웃어 보였다.

"결국 죽음을 자초하는구나."

판이 깨졌다는 걸 안 문필교가 스산하게 말하며 품에 말아 넣고 있던 채찍을 꺼내 들었다.

색혼마편이라고 불리는 것으로써, 한번 펼치면 반드시 상대의 목숨을 빼앗는다고 알려져 있는 지독한 것이었다.

질긴 교룡의 힘줄을 여러 가닥 꼬아 만든 것이라 보검으로도 자를 수 없었다.

자루 쪽은 엄지손가락 굵기만 했고, 갈수록 얇아져서 끝은 실낱같았는데, 그곳에 세 개의 날카로운 철낭아(鐵狼牙)를 매달았다.

채찍 중간중간에 철편(鐵片)을 박아 넣었기 때문에 휘감기면 온몸이 갈기갈기 찢기기도 한다.

"호호호, 네가 화산파의 진전을 받은 놈이라고 해도 오늘 이곳에서 살아나가지 못할 테니 후환은 없겠지."

채찍을 손에 쥔 문필교에게서는 자신감이 넘쳐 났다. 눈앞에 있는 기요성쯤은 단번에 찢어놓을 것 같다.

그건 장검을 뽑아 들고 있는 하안독검 곽부성도 마찬가지였다.

가느다란 눈을 더욱 가늘게 뜬 채 도수백을 잡아먹을 듯 노려보며 조금씩 다가들었다.

　"병신이 되어 평생 사느니 깨끗이 죽는 게 훨씬 나을 거다. 흐흐흐, 저승에 가면 나에게 감사하게 될걸?"

　왼쪽 허벅지를 면포로 칭칭 감은 채 절뚝거리는 도수백을 비웃는다.

　도수백이 지그시 어금니를 물고 두 손으로 칼을 움켜잡은 채 버티고 섰다.

　불편한 왼발을 한 걸음 앞으로 내밀고 몸을 틀어 칼을 뒤로 뺀 자세다.

　왼쪽 어깨를 적에게 온통 드러낸 것이다.

　집요하게 곽부성의 눈을 노려보던 도수백은 가느다랗게 뜬 그놈의 눈 속에 담기는 비웃음과 자신감을 보았다.

　'흐흥, 자만심이 얼마나 어리석은 건지 곧 깨닫게 될 거다. 그리곤 곧장 저승으로 가는 거야.'

　도수백은 내심 그런 곽부성을 비웃었다.

　그는 싸움을 오래 끌 생각이 조금도 없었다.

　불편한 제 몸으로는 싸움이 길어질수록 견디기 힘들 것임을 잘 알기 때문이다.

　일격에 승부를 내야 한다.

　단번에 죽이던가 단번에 죽어버리는 것이다.

　살고 죽는 것이 한 번의 칼질에 있다는 걸 절실히 느끼고 있었으므로 도수백의 마음은 지금 이 순간 가장 지독하고 모질게 변해 있었다.

하지만 얼굴에는 전혀 그런 기색이 드러나지 않았다. 석상을 대하듯 무표정하고 차갑기만 하다.

눈빛마저도 칙칙하게 가라앉아 어두웠다.

노련한 노름꾼이 마지막 패를 쥐고 시치미를 떼고 있는 것과 같았다.

어떤 상대라도 지금 도수백이 무슨 생각을 하고 있는지 전혀 알아채지 못할 것이다.

魔風俠星

第五章

나는 내 길을 가겠어

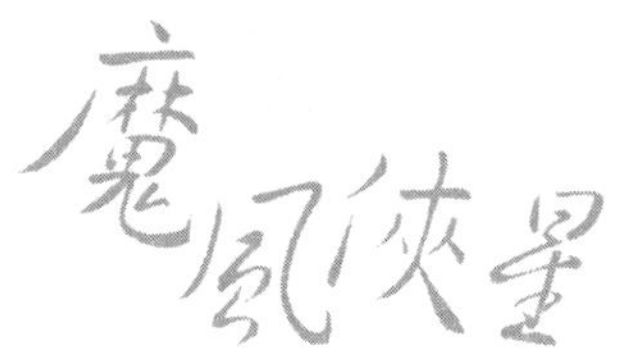

도수백이 일격의 승부를 노리고 있을 때, 곽부성도 같은 생각을 하고 있었다.

'단번에 저 병신을 찔러 죽이면 이 싸움은 끝난다.'

그도 자신의 그런 흉심을 천연덕스럽게 감추었다.

그들은 며칠 전에 이 지독한 오지까지 찾아온 동창의 고수를 보고 치를 떨었다.

삼 년 전의 일을 아직도 잊지 않고 이 오지까지 쫓아와 잡아가려는 것이라고 지레짐작한 문필교와 곽부성은 죽기를 각오하고 싸울 준비를 했다. 그런데 두령 급으로 보이는 동창의 사내가 뜻밖의 말을 했다.

"주소룡의 목을 가져와. 그러면 황금 열 관을 상으로 주겠다. 사면도 시켜주지."

두 악당으로서는 마다할 이유가 조금도 없었다.

이건 하늘에서 복이 절로 굴러들어 온 것이라고 믿었다.

그 복덩어리가 저기 저렇게 있는데, 눈앞의 두 놈이 방해를 한다.

'이번 일이 마지막이다!

곽부성은 그런 생각을 했다. 황금 열 관을 받아서 강호를 떠날 작정인 것이다.

비록 사면을 받는다곤 하나 동창에 낙인찍혔으니 강호에 남아 있는 한 마음 편할 날이 없을 것이기 때문이다.

그가 그런 생각을 하고 있을 때 문필교가 슬쩍 눈짓을 보내왔다.

"이얍!"

곽부성이 그 즉시 힘찬 기합성을 지르며 도수백을 노리고 미끄러지듯 부딪쳐 갔다.

짝—

그와 동시에 문필교도 색혼마편을 힘껏 휘둘러 기요성을 후려쳤다.

그를 물리치려는 게 아니라 그가 도수백을 돕지 못하도록 떼어놓으려는 것이다.

"훙!"

기요성이 코웃음을 치고 옆으로 두 걸음 비켜서며 매향남천(梅香南天)의 수법으로 검을 비스듬히 후려쳤다.

채찍이 번쩍이는 검광을 두려워하듯 즉시 도르르 말리며 미끄러져 올라간다.

마치 영사(靈蛇)가 꿈틀거리는 것처럼 매끄럽고 부드러운 편법(鞭法)이었다.

'과연 허명은 아니었군.'

한 번 부딪친 것에 불과하지만 기요성은 문필교의 솜씨를 충분히 짐작할 수 있었다.

그는 과연 만만한 상대가 아니었다.

그들이 일 초를 나누고 떨어졌을 때, 저쪽에서는 두 사람이 막 부딪치고 있었다.

"끼요옷!"

도수백의 벼락같은 일성이 찌르릉 울렸다.

막 검과 편을 부딪쳤던 기요성과 문필교가 저도 모르게 힐끔 그곳을 바라보았다.

"억!"

문필교의 입에서 저도 모르게 비명이 터져 나왔다.

낙뢰처럼 떨어지는 도수백의 허연 칼 빛이 보였던 것이다.

빡!

"저놈!"

문필교는 입을 딱 벌린 채 몸을 굳혔다.

어떻게 된 건지 곽부성의 머리통이 정수리에서부터 콧등에 이르기까지 쩍 벌어지고 있는 게 두 눈에 크게 들어온 때문이다.

그의 검은 도수백의 어깨 속으로 두어 푼쯤 파고들어 가 있었다.

하지만 그것뿐, 곽부성은 더 이상 검을 찔러 넣지 못했다.

그것보다 더 빠르고 강력하게 머리통을 쪼개 버린 도수백의 칼 때문이다.

비명을 터뜨릴 새도 없이 곽부성은 허물어지고 있었다.

도수백이 그의 가슴을 걷어차며 머리통 속에 단단히 박혀 있는 칼을 뽑아냈다.

뜨거운 선혈이 허공에 왈칵 뿌려지고, 얼굴이 양쪽으로 나뉜 곽부성의 몸뚱이가 내던져진 것처럼 철썩 하고 젖은 땅에 쓰러져 꿈틀거렸다.

'내가 헛것을 보고 있는 건가?'

그런 생각으로 문필교는 제 눈을 비볐다.

그리고 와락 검은 구름처럼 덮쳐 오고 있는 도수백의 흉악한 얼굴을 보았다.

"끼욧!"

귀를 먹먹하게 하는 굉장한 기합 소리.

"억!"

비로소 사태가 어떻게 돌아가고 있는 건지 느낀 문필교가 놀란 비명과 함께 힘껏 채찍을 휘둘렀다.

씨잉—

그것이 바람을 가르며 허공을 말아갈 때, 상황을 파악한 기요성도 몸을 던지며 소리쳤다.

"무모하다!"

퍽!

허공에서 꿈틀거린 채찍이 그대로 도수백의 목을 휘감는 게 보였다.

기요성은 너무 놀라 우뚝 멈추어 서고 말았다.

도수백의 뜯겨진 머리통이 피를 뿌리며 허공으로 치솟는 게 보이는 듯하다.

창백한 빛 한줄기가 눈을 찔렀다.

그리고 채찍에 휘감겨 둥실 떠오르는 것.

그것은 도수백의 듬성듬성 이 빠진 칼이었다.

문필교의 채찍이 휘감겨 오자 그는 칼로 그것을 쳐냈는데, 채찍이 교활한 뱀처럼 칭칭 감기며 전해주는 힘을 감당하기 힘들었다.

냉큼 칼을 놓아버린 도수백이 바람처럼 문필교의 품속으로 뛰어들었다.

헛손질했다는 걸 느낀 문필교가 채찍을 털어 칼을 멀리 던져 버렸을 때, 도수백은 이미 그의 가슴에 달라붙기라도 하려는 듯 바싹 다가서고 있었다.

문필교가 눈을 휘둥그레 떴다.

도수백이 이처럼 재빠르게 다가올 줄 몰랐고, 서슴없이 제 칼을 버릴 줄 몰랐던 것이다.

도수백의 너덜거리는 왼쪽 옷소매가 펄럭인 것 같은 순간,

핑—

창백한 비수 한 자루가 쏘아져 그대로 문필교의 가슴속으로 빨려 들어갔다.

"크으으—"

가슴을 얼려 버리는 서늘한 느낌.

그것이 머릿속 가득 뿌려주는 고통 때문에 문필교는 아무 생각도 할 수 없었다.

믿을 수 없다는 듯 눈을 부릅뜨고 코앞에서 빙글빙글 웃고 있는 도수백을 바라볼 뿐이다.

그리고 서서히 무너져 갔다.

이 모든 것이 눈 깜짝할 사이에 일어난 일이었다.

곽부성이 넘치는 자신감으로 검을 찔렀을 때 도수백이 제 가슴을 내주며 칼을 힘껏 내려친 것과, 놀란 문필교에게 달려들어 암격으로 단번에 끝내 버린 것이 찰나의 일이었던 것이다.

강호에 악명을 떨치던 두 명의 마두가 도수백의 일격을 감당하지 못하고 거의 동시에 불귀의 객이 되었다.

그들의 자만심과 방심이 불러온 결과라고 해도 도수백의

기백과 투지는 확실히 그들을 뛰어넘는 바가 있었다.

'비장의 한 수!'

그 모든 일을 똑똑히 지켜본 주소룡은 그렇게 마음속으로 소리쳤다.

도수백이 불사귀로 불리는 이유를 조금은 알 수 있을 것 같았다.

그는 언제나 죽음 직전에 가장 용맹하고 강력한 일격을 날릴 수 있는 준비를 해놓고 있는 자였던 것이다.

어떤 교묘한 수법도 절기도 아닌, 그의 투지와 용맹의 정화라고 할 수 있는 그런 것이었다.

"너, 너……."

기요성이 어이없다는 듯 도수백을 가리키다가 머리를 절레절레 흔들었다.

"휴, 너라는 놈은 정말 어쩔 수가 없구나."

"너에게 맡겨두었다면 시간이 많이 걸렸을 거다. 저 채찍 쓰는 놈은 너를 단단히 경계하고 있었거든. 하지만 나에 대해서는 조금도 경계하지 않았지."

"그래서 내 몫까지 가로채 버렸다는 거냐?"

"일찍 끝내고 쉬는 게 좋지 않아?"

도수백이 히죽 웃었다.

기요성은 입맛을 다실 뿐 더 할 말이 없었다. 도수백의 말이 옳았기 때문이다.

믿었던 두 명의 고수가 맥없이 고꾸라진 것을 본 만족들이 주춤거리며 물러섰다.

그들에게선 이제 조금의 투지도 찾아볼 수 없었다.

칼을 집어 든 도수백이 한 걸음 다가서며 눈을 부릅뜨자 모두 와! 하고 놀란 외침과 아우성을 지르며 뒤돌아서 정신없이 달아나 버린다.

*　　　*　　　*

"이제 어쩌면 좋지?"

잿더미가 되어버린 목책 앞에서 기요성이 한숨을 쉬었다.

애써 길을 찾아 돌아와 봤더니 목책은 불타 없어졌고, 그 많던 동료들은 모두 참혹한 주검이 되어 여기저기 널려 있지 않은가.

살아 있는 자가 한 명도 없다.

"여기 당 장군이 있어요!"

저쪽에서 주소룡이 소리쳤다.

급히 달려간 기요성과 도수백은 시체 속에서 당운평의 주검을 확인했다.

그는 온몸에 난자당한 흔적을 새긴 채 눈을 부릅뜨고 반듯이 누워 있었다.

다른 병사들과 마찬가지로 갑주조차 제대로 갖추어 입지

못한 모습이다.

얼마나 갑작스럽게, 얼마나 격렬한 기습을 당한 건지 짐작하기에 충분했다.

목책 안에는 불에 타 한 덩어리로 뭉쳐 버린 주검들이 여기저기 흩어져 있었다.

그 참혹한 형상에 진저리를 친 기요성이 홰홰 손사래를 쳤다.

"나는 가기 싫다, 싫어."

도수백도 그 끔찍한 곳을 뒤질 마음은 조금도 없었다.

겨우 당운평의 주검을 끌어내 나무뿌리 아래 파묻어주고 나자 온몸이 물먹은 솜처럼 풀려 버렸다.

"이제 어떻게 하지?"

기요성이 곁에 털썩 주저앉으며 다시 묻는다.

멍한 눈길을 허공에 두고 있던 도수백이 혼잣말처럼 중얼거렸다.

"도대체 어떻게 이런 일이 있을 수 있지?"

백전불패의 용맹을 자랑하던 중랑장 당운평의 별군이 한순간에 이처럼 사라져 버렸다는 게 믿어지지 않는다.

"살아남은 건 우리 둘뿐이다. 아니, 저쪽에 또 한 명이 있군."

기요성이 불안한 눈길을 이리저리 굴리며 그렇게 중얼거렸다.

"어떻게 해야 할지 모르겠다. 대체 어떻게 하지?"

"빌어먹을!"

도수백이 주먹을 움켜쥐고 벌떡 일어섰다.

"나는 돌아갈 테다!"

"어디로?"

엉거주춤 따라 일어선 기요성이 묻는다.

"잘됐어. 그러잖아도 이번 일만 마치면 군문을 떠나려고 작정했는데 그날이 빨리 왔군."

"떠나겠다고?"

"그럼 내가 평생 군문에서 썩을 줄 알았어?"

"너는 갈 데도 없잖아?"

"그러는 너는 갈 데가 있어? 군문으로 다시 돌아갈 테냐?"

"그건……."

도수백의 다그치는 말에 기요성은 대답할 수가 없었다.

"맞아, 나에게도 갈 곳이 없다."

처량해진 얼굴이 되어서 중얼거리고 고개를 푹 숙인다.

그런 기요성을 측은한 눈길로 바라보던 도수백이 그의 어깨 위에 손을 올려놓았다.

"나와 함께 가자."

"……?"

"우리가 모두 전사한 걸로 알 거다. 누군가 그렇게 보고할 것이고, 척계광 장군께서는 땅을 치며 애석해하시겠지. 그러면 된 거 아니냐?"

"그럼 우리는 죽은 자가 되는 거냐? 유령이 되어서 떠도는 거야?"

"흐흐, 세상에서 이제 우리 존재는 없는 거나 마찬가지다. 그러니 유령이 된 거라고 해도 틀린 말이 아니겠군."

"주 공자는?"

기요성이 아직도 저쪽에 우두커니 서서 두 사람의 눈치만 보고 있는 주소룡을 가리켰다.

"알게 뭐야!"

도수백이 버럭 소리쳤다.

"그도 유령이 된 처지니 어디로든 제가 가고 싶은 곳으로 가버리면 그뿐이다!"

"나는, 나는……."

주소룡이 깜짝 놀라더니 새파랗게 질린 얼굴로 더듬거렸다.

"나는… 나도 갈 곳이…… 없는 걸요……."

주춤거리며 다가온 그가 도수백의 팔을 움켜쥐었다. 손아귀의 힘이 완강하다.

"도 형님, 나를 데려가시면 안 될까요? 나는 도 형님을 따라가고 싶어요."

"무슨 소리야?"

도수백이 눈을 부라리지만 주소룡은 막무가내였다.

여기서 도수백과 떨어진다면 곧 죽게 될 것이라고 믿는 듯하다.

"훗날 반드시 은혜를 갚겠습니다. 그러니 나를 데려가 주세요. 제발……."

"시끄러!"

버럭 소리친 도수백이 주소룡의 팔을 억지로 잡아떼었다.

사납게 눈을 부라린다.

주소룡은 금방이라도 울음을 터뜨릴 듯한 얼굴이 되어서 그를 멍하니 바라보기만 했다.

"제기랄!"

땅을 찬 도수백이 등지고 돌아섰다.

"그러지 말고 데리고 가라."

기요성이 거들었다가 도수백의 성난 눈길을 받고 흠칫하더니 멋쩍은 웃음을 흘린다.

도수백이 주소룡과 잿더미가 되어버린 목책을 번갈아 손가락질하며 소리쳤다.

"당 장군이 나에게 원한 건 너를 무사히 데리고 돌아오는 것이었다! 나는 그렇게 했어. 너를 데리고 떠났다가 다시 돌아왔다. 여기까지가 내가 해야 할 일이야. 이제는 다 끝났다!"

기요성이 목책의 잔해를 돌아보고 어깨를 으쓱했다.

"하긴, 돌아오긴 했구나. 아무도 알아줄 자가 없어서 그렇지.”

도수백이 주소룡은 외면한 채 그런 기요성에게 물었다.

“너는 어떻게 할 거냐? 척 장군에게로 돌아갈 거야?”

척계광은 그들 모두가 마음으로부터 진심으로 존경하는 장군이다. 하지만…….

“나도 그러고 싶은 마음이 사라졌어.”

잠시 망설이던 기요성이 맥 빠진 음성으로 그렇게 말했다.

도수백의 얼굴이 밝아진다.

“그럼 함께 중원으로 갈 테냐?”

“글쎄…….”

“응?”

기요성의 반응이 의외라는 듯 도수백의 눈이 커졌다.

“아무래도 내가 네 대신 해야 할 일이 있을 것 같다.”

“뭘 말이냐? 내 대신 할 일이라니?”

“저기 있잖아.”

기요성이 턱짓으로 한쪽에 서서 떨고 있는 주소룡을 가리켰다.

도수백의 얼굴이 잔뜩 찌푸려진다.

“그를 데려가겠다고? 집에 곱게 데려다 주겠다는 거냐?”

“그래야겠지. 그가 혼자서는 이 지옥 같은 밀림을 벗어날 수 없을 테니까.”

“너, 진심이냐?”

“그는 여기서 개죽음해서는 안 되는 사람이다.”

도수백은 주소룡이 했던 말을 떠올렸다. ‘나는 이런 곳에서 이렇게 죽어서는 안 되는 사람’이라고 하지 않았던가.

지금 기요성도 그와 똑같은 말을 하고 있다는 데에 의문이 인다.

도수백이 정색을 하고 기요성을 바라보았다.

“너는 저 꼬마의 정체를 아는구나? 그가 대체 누구지?”

“이걸 말해줘도 괜찮을지…….”

이제는 기요성도 정색을 했다. 그리고 잠시 망설이더니 천천히 말한다.

“그는 영복왕 전하의 일점혈육이다.”

“영복왕?”

그는 현 황제인 세종(世宗) 가정제(嘉靖帝)의 이복동생이다.

형이 황제가 되자 그는 멀리 귀주(貴州)로 보내줄 것을 청했다.

형이 황제가 되었으니 그 화가 가장 가까운 핏줄인 자기에게 미치게 될 것을 염려해서였다.

황제의 마음은 그렇지 않을지라도 그를 둘러싸고 있는 자들의 성화가 그렇게 만들 가능성이 높았다.

새 황제가 등극할 때마다 제일 먼저 숙청되는 자들이 바로 공신과 형제들 아니던가.

한때의 영화를 즐기다가 어느 날 역신의 누명을 쓰고 형장의 이슬로 사라진다.

가정제는 이복동생의 뜻을 기특하게 여겨 그를 영복왕(英福王)에 봉하고 귀양부(貴陽府)에 왕부(王府)를 지어주어 편히 살도록 했다.

영복왕은 그런 황제의 뜻에 순종하여 지난 사십여 년 동안 귀주에서 한 발짝도 떠나지 않았다.

황궁의 일은 물론 권세에 대해서 일체 관심을 보이지 않았던 것이다.

사냥을 하고 낚시를 하며 은일자적하게 살았다.

그런 그에게는 두 아들과 딸이 있었는데, 어찌 된 일인지 기요성은 주소룡을 가리키며 영복왕의 일점혈육이라고 했다.

도수백이 물었다.

"그가 정말 황제의 핏줄이고 왕가의 자식이라고?"

"틀림없어."

"쳇, 네놈의 머리가 어떻게 된 모양이구나. 그 고귀하신 몸이 왜 저런 꼴을 하고 이 지옥 같은 곳에 와 있단 말이냐?"

"내가 언제 너에게 거짓말한 적이 있었니?"

"없다."

"너는 내 능력을 잘 알지?"

"안다."

"그러니 내가 그렇다면 그런 거야."

“쳇, 빌어먹을 놈.”

도수백은 그가 자신의 능력을 발휘해 어디에서인가 주소룡을 두고 하는 은밀한 말을 훔쳐 들은 게 틀림없다고 생각했다.

도수백이 아는 기요성은 매처럼 눈이 밝았고, 겁 많은 토끼처럼 귀가 밝은 자였다.

높은 곳에 올라 이십 리 밖의 산고양이를 구별해 볼 수 있는 자.

귀를 기울이면 이십여 장 밖에서 바람에 낙엽 구르는 소리를 들을 수 있는 자.

그의 그런 능력은 도수백에게 있어서 눈이 튀어나올 만큼 놀랍고 신기한 일이었지만 기요성에게는 아무것도 아닌 듯했다.

절강 척가군에 있을 때 그에게 물은 적이 있다. 그러자 기요성이 빙글거리며 말했다.

“무공 중에는 그런 재주도 있지. 내가 가르쳐 줄까?”

“필요없다!”

도수백은 하얗게 눈을 흘겼다.

기요성에게 꿀리고 싶지 않았고, 그에게 무언가를 배운다는 게 자존심 상했던 것이다.

그때 도수백은 기요성이 말로만 듣던 그 강호의 고수라는 걸 짐작했다.

무공과 함께, 여느 사람보다 훨씬 멀리 보고 잘 들을 수 있는 재주도 연마한 것이라고 생각했을 뿐, 더 이상 따져 묻지 않았다.

강호에서 그런 재주를 두고 천안통(天眼通)이니 지청술(地聽術)이니 하는 말로 부른다는 걸 그가 알 리가 없다.

도수백은 다만 그런 재주를 가진 놈이 왜 스스로를 감추고 군문에 들어와 이 고생을 하는지 이해가 되지 않았다.

그래서 도수백은 싸움이 벌어지면 더욱 악귀같이 날뛰었다.

'저놈에게 지고 싶지 않아!'

그런 오기가 그에게 더 큰 용맹과 무지막지한 힘을 가져다 주었던 것이다.

전장에 나가면 그 누구보다 사납고 무섭던 그의 칼이 더욱 악착같아졌으니 악귀, 야차가 따로 없었다.

그런 도수백의 칼은 기요성마저 질리게 하곤 했다.

단병접전에서 도수백의 능력이 십분 발휘된다면, 은밀한 일을 행하는 네에서 기요성의 능력은 빛을 발했다.

그는 바람처럼 오가고, 어둠처럼 녹아들었다. 때로는 제 그림자 속으로도 숨을 수 있는 자처럼 여겨질 정도였던 것이다.

기요성이 도수백의 능력을 인정하듯이 도수백 또한 기요성의 그러한 능력을 누구보다 높이 인정하고 있었다.

그가 마음만 먹는다면 세상에서 그를 잡을 수 있는 자가 없으리라고 믿는다.

도수백은 그것이 그의 타고난 복이면서 재앙이라는 생각을 하곤 했다.

그런 기요성의 능력을 잘 알기에 그의 말을 믿지만 도수백에게는 여전히 궁금한 게 있었다.

귀주의 영복왕에게 두 명의 아들과 한 명의 딸이 있다는 건 세상이 다 아는 일 아닌가.

그런데 기요성이 왜 주소룡을 영복왕의 일점혈육이라고 한 건지…….

잔뜩 눈살을 찌푸리고 기요성을 탐색하던 도수백이 땅을 굴렀다.

"제기랄, 뭐가 뭔지 모르겠다."

기요성이 눈부시게 화사한 미소를 짓는다.

"도와주겠어?"

"아니."

"저 고집불통 하고는……."

"네 일이라면 백 번, 천 번이라도 도와주지. 하지만 황제니 왕이니 하는 자들과 관계된 일이라면 조금도 관여하고 싶지 않다. 그것들을 위해서는 내 머리카락 한 개도 아까워."

말속에 뿌리 깊은 불신과 원망이 깃들어 있었다.

하지만 기요성은 그렇지 않은 모양이었다.

"엉터리 도사가 황제의 눈을 흐리고 귀를 멀게 하더니 이
제는 늙은 내시까지 나서서 황제를 위한답시고 천하에 분란
을 만들어내고 있다. 이래서는 나라 꼴이 개판이 되고 말
아."

얼굴에 비분강개하는 기색이 어려 있다.

'엉터리 도사' 라는 말을 할 때는 눈빛마저 물에 담근 칼날
처럼 번들거렸다.

그것이 지금 황제 곁에 찰싹 붙어 있으면서 온갖 교묘한 방
술(方術)과 수단으로 황제의 신임을 독차지하고 있는 방사(方
士) 왕금(王金)을 두고 하는 말임을 도수백도 잘 안다.

기요성을 물끄러미 바라보던 도수백이 혀를 찼다.

"쯧쯧, 오지랖 넓은 놈은 어쩔 수 없구나. 이놈아, 세상 복
잡하게 살아봤자 얻는 건 두통밖에 없어. 네 일도 아닌데 열
낼 게 뭐 있느냐?"

기요성이 발끈했다. 드문 일이다.

"너는 이 땅의 자식이고 이 나라의 백성이 아니란 말이
냐?"

"흥! 내가 언제 황제의 은혜를 조금이라도 입어본 적 있어?
황제는 황제고 나는 나다. 그가 백성을 위하지 않으면서 백성
들이 충성을 바치기만 바란다면 대가리가 썩은 거지."

"말이 지나칩니다!"

묵묵히 듣고 있던 주소룡이 벌컥 화를 냈다. 낮빛마저 창백

해져서 꾸짖는다.

"황제 폐하는 이 땅과 백성의 주인이십니다! 두려워하고 공경해도 부족할 텐데 함부로 말하다니! 도 형의 그런 말은 대역무도한 것과 다름없는 터! 구족이 멸문당하는 화를 입을 것이오!"

"구족이라고?"

도수백이 어이없다는 듯 피식피식 웃었다.

"어리석은 더벅머리 아이야, 나는 이 넓은 천하에 핏덩이로 내던져졌을 때부터 혼자였단다. 혈혈단신이라는 말을 아느냐? 내가 바로 그 혈혈단신이야. 구족은커녕 일족도 없으니 아무것도 두렵지 않다. 황제? 흥! 그렇게 분하면 금군이라도 보내서 나를 잡아 목을 치라고 해!"

"도수백!"

기요성마저 정색을 하고 나서지만 그게 도수백의 오기와 고집을 더욱 부추기고 말았다.

그가 휙 소리가 나게 몸을 돌렸다.

"알아서들 잘해봐! 나는 내 길을 갈 테다. 황제고 뭐고 다 필요없어. 백성을 돌보지 않는 황제 따위는 차라리 없는 게 편하다. 제 일에 내가 상관하지 않을 테니 황명이니 국법이니 하는 시답잖은 소리로 나를 간섭할 생각도 말라고 해!"

터벅터벅 걸어가다가 문득 멈추어 서더니 주소백을 돌아보고 다시 말했다.

"내 말 잘 알아들었지? 네가 황제의 핏줄이라니 언젠가는 그 덜떨어진 황제 폐하를 만나게 될지도 모르겠군. 그러면 지금 내 말을 똑똑히 전해라."

기요성에게도 당부를 한다.

"몸조심해라. 동창 놈들은 우리가 죽지 않았다는 걸 금방 알아챌 거야. 곧 뒤쫓아올걸? 하긴, 네놈의 특이한 재주라면 그놈들을 피해서 빠져나가는 게 뭐 어렵지도 않겠지. 내 도움 따위는 없어도 충분할 거야."

동창이 오평의 군중에 있던 문필교와 곽부성을 충동질했고, 오평이 만족들을 제 편으로 끌어들였다면 오늘의 일이 동창의 귀에 들어가지 않을 리 없다.

멀어지는 도수백의 뒷모습을 바라보는 기요성의 얼굴에 착잡한 기색이 가득했다.

당운평의 군진에서 만난 뒤 여태껏 죽고 사는 걸 같이해 오지 않았던가.

그런데 지금은 서로의 길을 찾아 갈리고 있다.

아무 미련도 정도 없다는 듯 휘적휘적 떠나가는 도수백이 그렇게 야속할 수가 없다.

뒤도 돌아보지 않는 무정한 놈.

기요성은 멀어지는 도수백의 모습을 바라보는 게 이처럼 가슴 아픈 일이라는 걸 처음 알았다.

'하지만 다시 만나게 될 거야, 반드시……'

그가 강호로 나간다면 그렇게 될 수밖에 없다는 걸 기요성
은 짐작하고 있었다.
‘그때까지 오늘의 일을 가슴에 묻어두고 살겠어.’

魔風俠星
第六章
지나간 것은 다시 돌아오지 않는다

한 달 후.

운남(雲南) 대리(大理).

구름 한 점 없는 하늘에서 불같은 햇빛이 쏟아지길 벌써 열흘째다.

옛적에는 여강(麗江)에 목왕부(睦工府)가 있어서 운남을 통치했으나 지금은 조정에서 관리를 파견해 직접 다스리고 있었다.

백족(白族)과 납서족(納西族), 묘족(苗族), 장족(壯族) 등이 혼재해 살고 있는데, 대대로 운남의 왕족이었던 백족이 우세한 지위를 유지하고 여타 민족은 하층 구조를 이루며 공존하고 있었다.

푸른 이해(洱海)에 용이 누워 있는 것처럼 길게 솟아 있는 창산(蒼山)의 그림자가 드리웠다.

맑고 깨끗한 수면은 창산과 하늘을 비추는 거울 같다.

그 이해의 복판에 불쑥 솟아나 있는 작은 섬, 중이도(中洱島)의 우거진 나무 그늘이 무섭도록 짙푸른 오후.

아지랑이 아른거리는 수면 저쪽에서 작은 쪽배 하나가 천천히 다가왔다.

선미에 우뚝 서서 노를 젓고 있는 사내는 훌쩍 키가 크고 체구가 단단해 보이는 자였다.

죽립을 눌러쓰고 있어서 얼굴을 알아볼 수 없다.

여름의 끝자락에 접어든지라 날씨가 선선해지고 있었지만 사내는 홑겹의 낡은 베 잠방이 하나를 덜렁 입었을 뿐 걸친 게 없었다.

올 풀린 잠방이 밖으로 드러난 두 팔뚝이 무쇠처럼 굳센데, 한 번 노를 밀고 당길 때마다 굵은 힘줄이 툭툭 불거져 꿈틀거렸다.

빛바랜 무명 허리띠 춤에 다섯 자루의 비수가 가지런히 꽂혀 있고, 등에는 칼 한 자루를 짊어지고 있다.

사내가 힘을 쓸 때마다 배는 거울 같은 수면에 물거품을 일으키며 쑥쑥 미끄러졌다.

중이도가 더욱 가까워졌을 무렵, 갈대로 이엉을 엮은 덮개 안에서 구레나룻이 무성한 장한이 불쑥 머리통을 내밀었다.

"이봐, 아직 먼 거냐?"

죽립의 사내가 노 젓는 손을 멈추지 않으며 턱짓으로 저쪽을 가리켰다.

"코앞이다."

"그렇군."

고개를 돌려 중이도를 바라본 구레나룻의 사내가 갈대 덮개에 대고 버럭 소리쳤다.

"제기랄, 이 잠귀신 같은 놈아, 일어나! 다 왔다!"

갈대 덮개 안에는 그 말고도 또 한 사람이 있었다.

하품하는 소리가 들리더니 무료함이 뚝뚝 떨어지는 걸걸한 음성이 새 나온다.

"머리가 지끈거려 죽겠다. 빨리 끝내고 해장술이라도 한 단지 들이켜야겠어."

밤새 술에 절어 있었던 모양이다.

"빌어먹을 자식, 일을 앞두고 그렇게 퍼마시다니. 소앵이라는 년도 그래. 내가 그렇게 일렀건만 이 지경이 되도록 술을 퍼먹여? 돌아가면 이년의 손모가지를 꺾어버리고 말 테다."

구레나룻의 사내가 잔뜩 볼을 부풀리고 투덜대자 나른한 음성이 다시 말했다.

"그러지 마라. 소앵이는 아무 잘못 없어. 그놈의 술이 웬수지 사람이 무슨 죄가 있나?"

"시끄러!"

생긴 것답지 않게 신경질적인 구레나룻이 빽 소리쳤다.

"어서 병장기나 챙겨, 하품하고 있다가 칼 맞아 뒈지지 말고!"

그러는 사이에 쪽배는 어느덧 중이도 북면의 으슥한 기슭에 닿았다.

배 밑바닥에 모래 쓸리는 소리가 서걱거리며 들려온다.

죽립의 사내가 노를 놓고 먼저 배 밖으로 훌쩍 뛰어내렸다. 털이 숭숭한 종아리를 시원한 물에 담근 채 그대로 철벅거리며 섬으로 향하는 사내 뒤에서 구레나룻이 소리쳤다.

"썩을 놈아! 배를 묶어놓고 가야 할 것 아니냐!"

죽립의 사내가 여전히 첨벙거리고 나아가며 말했다.

"네가 해. 아니면 그놈을 시키던가."

"제기랄!"

구레나룻이 칼을 움켜쥐고 배에서 뛰어내렸다.

"쓸모없는 잠귀신 놈아, 네가 해라!"

"같이 가자."

늘쩡거리는 음성과 함께 비로소 잠귀신이 덮개 속에서 기어나왔다.

새집처럼 헝클어진 머리에 하관이 빠진 길쭉한 말상의 얼굴을 한 삼십대의 사내였다.

한줄기 깊은 상처가 턱에서부터 뺨을 타고 이마 어림까지 뻗어 있다.

구부정하던 몸을 펴자 훌쩍 큰 키였다.

다른 사람보다 두어 뼘쯤 더 큰 체구에 호리호리한 몸집을 하고 있는 자.

살찐 양을 연상시키는 구레나룻과 대조되는 사내였다.

구레나룻이 느긋하고 말상의 사내가 신경질적이어야 어울릴 텐데, 그 반대의 성격들이니 특이하다.

그가 배를 모래톱에 끌어올려 놓고 어슬렁거리며 중이도의 숲 속으로 들어왔을 때 그곳에서는 이미 한차례 칼바람이 불고 지나간 듯했다.

죽립의 사내와 구레나룻이 좌우로 벌려 서 있고, 그들의 앞에는 한 구의 참혹하게 쪼개진 주검이 널브러져 있었다.

구레나룻의 솜씨가 분명했다. 죽립의 사내는 아직 등에 지고 있는 칼을 뽑지도 않았으니까.

그들과 마주 서 있는 자들은 다섯 명의 사내들이었다.

제각각의 복장을 했지만 눈매가 날카롭고 다부진 것이 평범한 어부나 농투성이들은 아니었다.

"더러운 개자식들."

검은 옷에 검은 머리띠를 동인 자가 악문 이 사이로 그렇게 말했다.

한차례 피를 흘린 싸움으로 이쪽의 정체를 안 것이다.

그의 욕에 구레나룻이 발끈해서 씩씩거렸지만 죽립의 사
내는 끼고 있는 팔짱을 풀지 않았다. 고개를 약간 숙인 채 꼼
짝하지 않는다.

"너, 이 개잡종 같은 놈이 뭐라고 지껄인 거냐? 감히 이 흑
질님께 욕을 해?"

구레나룻이 번쩍이는 칼을 들어 가리키며 목에 핏대를 세
운다.

흑질(黑蛭).

검은 거머리.

그게 사내의 별명이자 별호였다. 대리 일대에서는 모두 그
를 그렇게 부른다.

흑질 나대규(羅大奎)가 성난 멧돼지처럼 거친 숨을 씩씩거
리며 두어 걸음 나서더니 다시 소리쳤다.

"왕윤춘, 개 후레자식이 여기 있지? 살고 싶으면 얌전히 기
어나오라고 해!"

"닥쳐! 더러운 짐승의 주둥이로 그분의 이름을 함부로 부
르지 마라!"

"왕윤춘, 왕윤춘, 왕윤춘!"

상대의 외침이 끝나자마자 거듭 세 번을 더 불러준 나대규
가 숲이 쩡쩡 울리도록 소리쳤다.

"개 후레자식!"

"이놈!"

검은 옷의 사내가 노성을 터뜨리고 나대규를 향해 몸을 던졌다.

그의 검이 번쩍이는 살기를 뿌리며 떨어지지만 이런 싸움에 이골이 나 있는 나대규는 조금도 동요하지 않았다.

"너도 개 후레자식이다. 왕윤춘도 너도 모두 개 후레자식이야."

끝까지 이죽거리며 검은 옷 사내의 화를 돋운다.

피잉—

검이 매서운 휘파람 소리를 내며 코앞에 떨어지는 순간에야 비로소 나대규가 반응했다.

팟!

작고 뚱뚱한 몸이라고는 믿어지지 않을 만큼 날렵하게 옆으로 뛰어서 일검을 피한 그가 구르듯이 쿵쿵거리며 달려갔다.

눈앞의 검은 옷 사내는 버려둔 채 열 걸음 밖에 벌려 서 있는 장한들을 향해서였다.

"이야아이—"

그의 듣기 거북한 고함 소리가 솟구치고, 그것의 여운이 사라지기 전에 나대규는 네 명의 사내들과 부딪치고 있었다.

쨍, 쨍, 쨍!

탁탁 끊어지는 둔탁한 쇳소리가 몇 차례 울리고, 그때마다 파란 불똥이 화르르 피어 어지럽게 날렸다.

사내들은 단련된 무사들이 틀림없었다. 침착하게 날리는 검격이 곧 나대규를 옴짝달싹 못하게 했다.

나대규가 이리 뛰고 저리 뛰며 발악을 하지만 커다란 그의 칼은 좀체 네 사내의 검을 떨쳐 내지 못한다.

그걸 본 말상의 사내가 허리에 감고 있던 유성추를 풀어 들며 느긋하게 말했다.

"도와달라고 해봐. 그럼 형님이 뭔가 해주지."

"썩을 놈! 술독에 빠져 뒈질 놈!"

나대규가 정신없이 대도(大刀)를 휘둘러 제 몸을 보호하면서 악을 썼다.

그대로 두면 얼마 버티지 못하고 사내들의 검에 찔려 죽을 게 뻔해 보인다.

"흐흐, 바빠 보이는구나. 그렇게 움직여도 비곗살은 여전하니 참 알 수 없는 일이야."

중얼거린 말상의 사내가 천천히 앞으로 나갔다. 그러자 기다리고 있었다는 듯 처음 나대규를 공격했던 검은 옷의 사내가 검을 좌우로 흔들며 막아섰다.

"말대가리, 네놈은 내 상대다."

"흐흐, 내 별명이 마두괴라는 걸 알고 있었구나?"

마두괴(馬頭怪) 상조(商早).

그는 흑질 나대규와 함께 대리에서 악명을 떨치는 자였다.

돈이 되는 일이라면 선악을 가리지 않고 한다.

겉으로는 태연하게 느물거리고 있었지만 마두괴 상조의 마음은 달아올라 있었다. 저쪽에서 고군분투하고 있는 친구가 눈에 띄게 위태로워졌기 때문이다.

그가 힐끔 한쪽에 우두커니 서 있는 죽립의 사내를 바라보았다.

나서서 거들어주면 훨씬 편해지련만, 그는 아무 생각도 없는 것처럼 팔짱을 낀 채 서 있기만 했다.

'쓸모없는 놈. 나중에 보자.'

상조가 내심 이를 갈고 외면했다.

일이 무사히 끝난 뒤에 뜨거운 맛을 보여줄 작정이다. 아예 죽여 버리는 것도 괜찮겠다고 생각한다.

그러는 사이 숲 건너에서 다시 세 명의 장한이 검을 뽑아 들고 달려오는 게 보였다.

마두괴 상조가 얼굴을 찌푸렸다. 그러자 뺨에 길게 나 있는 검상이 붉게 변해서 징그럽게 꿈틀거린다.

"이얏!"

그를 가로막았던 흑의사내가 매서운 기합성과 함께 검을 휘둘러 쳐왔다.

제법 틀이 잡혀 있고 힘과 기세가 실려 있는 검격이지만 상조를 놀라게 하기에는 부족했다.

"흥!"

코웃음을 친 상조가 두려움없이 몸을 내밀었다.

씨잉—

힘껏 유성추를 휘둘러 후려친다.

땅!

그것의 사슬이 검은 옷 사내의 검에 부딪쳤다.

검이 막 옷깃에 닿을 무렵에 불쑥 쳐 나온 유성추였으므로 검은 옷 사내는 미처 방비하지 못했다.

상조가 석 자 길이의 쇠사슬에 달려 있는 철추를 이렇게 채찍처럼 쓸 줄은 생각하지 못했기에 더욱 당황한다.

아차 하는 사이에 철추가 한 바퀴 휘돌더니 사내의 팔목에 칭칭 감겨 버렸다.

사내가 검을 왼손으로 옮겨 쥐는 순간, 상조가 '욱!' 하고 힘을 썼다.

사내는 와락 잡아당기는 그의 완력에 버티지 못했다.

그가 중심을 잃고 기우뚱 딸려온 것과 동시에 상조가 힘껏 머리를 기울여 사내의 얼굴 복판을 들이받아 버렸다.

빡!

마른 장작 쪼개지는 소리가 나고, 사내는 왼손으로 옮겨 쥔 검을 어떻게 해볼 새도 없이 뒤로 나가떨어졌다.

얼굴 복판이 움푹 함몰된 끔찍한 몰골이 되어서 곧 숨이 끊어져 버린다.

유성추를 풀어 든 상조가 빠른 걸음으로 나대규를 향해 걸어갔다.

자신들의 우두머리가 상조에게 당해 쓰러지는 걸 본 네 명의 장한이 주춤거린다.

나대규가 그 틈을 타 몸을 뺐고, 상조가 가세했다.

위이잉—

상조의 유성추가 요란한 바람 소리를 내며 휩쓸어갔다. 다가오자마자 아무런 말도 없이 다짜고짜 유성추를 휘둘러 대는 그의 흉악한 기세에 사내들이 우르르 흩어졌다.

"개자식들, 어디로 달아나려고?"

이를 부드득 간 나대규가 여태까지의 일을 한꺼번에 갚아 주겠다는 듯 칼을 휘두르며 용맹하게 덮쳐 갔다.

상조의 유성추가 때로는 가깝게 찍어 내리고, 때로는 멀리 후려치면서 장한들을 더욱 정신없게 몰아친다.

그들 두 사람이 힘을 합하여 들이치자 네 명의 장한은 금방 위기에 빠졌다.

손발을 허둥대며 눈앞에 밀려드는 칼과 유성추를 방비하기에 바쁠 뿐 반격의 엄두도 내지 못한다.

그들은 그렇게 시로 어울려서 한 덩어리가 되어 싸우느라 주변을 돌아볼 여유가 없었다.

그래서 저쪽에 우두커니 서 있기만 하던 죽립의 사내가 큰 걸음으로 숲을 향해 성큼성큼 걸어가는 걸 뒤늦게 알아챘다.

"어라?"

"아니, 저놈이 뭘 하려는 거야?"

나대규와 상조가 동시에 놀란 소리를 내질렀다.

죽립의 사내는 격전장을 우회해서 이미 숲 한복판에 들어서고 있었다.

저쪽에서 동료들을 돕기 위해 달려오는 세 명의 장한 정면이다.

"이놈!"

가장 앞섰던 장한이 크게 소리치며 검을 휘둘러 용맹하게 찔러왔다.

달려오던 기세를 조금도 감하지 않은 채 부딪쳐 왔으므로 그 힘이 굉장했다.

하지만 죽립의 사내에게는 가소롭게만 보이는 모양이다.

"쳇, 피라미 같은 것들."

건조한 중얼거림과 함께 슬쩍 상체를 비트는 것만으로 일검을 가볍게 흘려보낸 그가 크게 발을 내디뎠다.

옆으로 빙글 돌아 물러서자 제 검의 힘을 따라 두 걸음이나 더 달려간 자와 네 걸음 사이로 떨어진다.

가벼운 몸놀림만으로 쉽게 거리를 벌리고 공간을 확보하는 사내의 느긋함이 적들을 놀라게 했다.

"나는 왕윤춘을 원할 뿐이다. 너희들을 상대하고 싶지 않아. 비켜서면 다치지 않는다."

죽립의 사내가 등 뒤에 지고 있던 칼을 천천히 뽑으며 말했다.

"닥쳐! 우리의 주검을 딛고 가기 전에는 절대로 왕 대인을 볼 수 없다!"

"그래?"

칼을 움켜쥔 사내가 소리친 자를 향해 뚜벅뚜벅 다가갔다.

세 명의 장한이 품 자(品字)로 벌려 서서 잔뜩 긴장하여 바라본다.

그들 앞에 우뚝 선 죽립의 사내가 다시 말했다.

"마지막 경고다. 비켜서. 그러면 그냥 지나가겠다."

"어림없는 소리! 정 가고 싶으면 머리통은 놔두고 몸뚱이만 굴러가라!"

"말로 해서는 안 될 자들이로군."

"이얍!"

사내가 칼을 세우는 것과 동시에 세 명의 장한이 악에 치받친 기합성을 터뜨리며 일제히 달려들었다.

"핫!"

그 순간, 사내가 짧고 굵은 기합성으로 호흡을 끊었다.

씨잉—

그의 칼이 바람을 가르고 내리꽂힌다.

쨍!

한 개의 검이 덧없이 동강 나 허공에 던져지고, 퍽! 하는 기음이 들렸다.

"어억!"

어깨뼈가 박살 난 장한이 외마디 비명을 지르며 풀썩 주저 앉았다.

죽립인의 칼은 멈추지 않았다.

일격에 한 놈씩이다.

깨끗하고 단호해서 아름답기까지 했다.

그의 칼이 날카로운 바람 소리를 내며 떨어지고 휩쓸어가 는 곳마다 쨍강거리는 소리와 비명 소리가 동시에 터져 나오 고, 하나같이 어깨뼈가 부서진 세 명의 장한이 팔을 덜렁거리 며 주저앉았다.

"검 대신 쟁기를 잡아라. 그러면 사는 데 지장없을 거야."

칼등으로 세 장한을 쳐 쓰러뜨린 죽립의 사내가 무심한 말 을 던지고 성큼성큼 숲을 건너 사라졌다.

숲 밖에는 몇 그루의 복숭아나무가 이제 막 불그스름한 빛 을 띠기 시작한 과일을 달고 서 있었다.

그 건너에 낡은 모옥(茅屋) 한 채가 그림처럼 자리하고 있 다.

모옥 앞에는 단갑을 차려입고 이마에 누런 띠를 동인 두 명 의 무사가 각기 칼과 검을 쥔 채 기다리고 있었다.

눈빛이 매섭고 입을 꽉 다물고 있는 것이 다부져 보인다.

"쓸모없는 금군의 샌님들 같으니. 홍!"

죽립의 사내가 그들이 입고 있는 단갑을 흘겨보며 중얼거렸다.

두 놈이 황궁에서 거들먹거리던 금군(禁軍)의 장령이라는 걸 알자 불쑥 적의와 함께 살의가 치솟아올랐다.

"돌아가라!"

한 놈이 사납게 소리쳤다.

하지만 죽립의 사내는 피식 웃기만 했다. 죽립 아래로 그의 희고 가지런한 치아가 드러난다.

아무 말도 없이 성큼성큼 다가가 다섯 걸음을 사이에 두고 멈추어 선 죽립의 사내가 말했다.

"꼴을 보아하니 금군의 무장들이었던 모양이군. 대체 이런 곳에서 뭘 하고 있는 거냐?"

황궁에서 수만 리나 떨어진 곳이다. 금군이 있을 리가 없다.

검을 쥔 자가 소리쳤다.

"죽고 싶지 않으면 돌아가라! 오늘 일은 없던 걸로 해주겠다!"

"왕윤춘을 내놔. 그러면 떠난다."

"죽일 놈!"

더 말할 것 없다는 듯 두 무장이 동시에 좌우에서 매섭게 들이쳤다.

씽씽거리는 칼바람과 검풍이 목숨을 위협하건만 죽립의 사내는 여전히 태연하기만 했다.

“살벌한 전장에서 목숨을 내던지고 뒹군 게 수백 번이다.”

챙!

목덜미를 노리고 떨어지던 칼이 불똥을 날리며 튕겨져 나간다.

“변방의 백성이 토비와 해적들에게 유린당하든 말든 황궁에서 거들먹거리며 위세만 떨치던 자가…….”

쉬잉—

슬쩍 기울인 목덜미를 훑듯이 아슬아슬하게 검이 스쳐 지나갔다.

“진짜 싸움이 뭔지 알 리가 없지.”

불쑥 어깨를 내밀어 다시 검을 후려치려는 자를 위협한다.

사내의 사나운 눈길을 고스란히 받은 자가 움찔했다.

“너를 죽이지 않으면 내가 죽는 법.”

씨잉—

그 틈을 끊고 사내의 칼이 맹렬하게 떨어졌다.

“그게 전장의 법이고 싸움의 법이야.”

놀란 자가 재빨리 검을 끌어들이며 물러서고, 사내의 뒤에서 칼을 쥔 자가 소리없이 다가들었다.

하지만 사내는 뒤통수에도 눈이 달린 것 같았다.

핑—

숙인 머리통 위로 매서운 휘파람 소리를 내며 날 선 칼이 스쳐 지나간다.

“내가 그걸 가르쳐 주지.”

사내가 불쑥 몸을 일으키더니 좌측으로 돌며 갑자기 한 발을 들어 걷어찼다.

“으헉!”

막 검을 휘둘러 치려던 자가 무릎을 차이고 놀란 외침을 터뜨렸다.

신형이 비틀거린 찰나의 순간,

퍽!

사내의 칼이 그자의 목덜미를 깊이 찍어버렸다.

크게 휘두르지도 않은 채 손목의 탄력만으로 꺾어 찍은 것이라고는 믿을 수 없는 힘이다.

“끅, 끄으으—”

그자가 괴이한 신음성을 흘리며 검을 떨어뜨리고 주저앉았다.

사내는 움직임을 멈추지 않았다.

재빨리 이동하여 곁에서 쳐오는 칼을 다시 비키더니 몸을 들며 밑에서 위로 힘껏 그어 올린다.

부욱 하고 칼끝이 단갑을 긁어대는 끔찍한 소리가 났다.

빗나간 칼을 끌어들이던 무장이 그 힘을 견디지 못하고 주춤했다.

“이얏!”

그 순간 터져 나온 사내의 외침.

그리고 그것보다 빠르게 대각선으로 파고드는 새파란 칼날.

"커헉!"

사내의 칼끝으로 인해 균열이 생긴 단갑이 쩍 벌어지고, 그 사이로 붉은 선혈이 왈칵 뿜어져 나왔다.

쿵!

무장이 칼을 놓친 채 천천히 쓰러져 얼굴을 땅에 처박았을 때, 사내는 두어 걸음 물러서서 칼에 맺혀 있는 핏물을 털어 내고 있었다.

"잘 보았겠지? 이런 게 싸움이야."

하지만 그들에게서 대답이 있을 리 없다.

죽은 자는 더 돌아보지 않는다.

사내가 미련없이 돌아섰을 때, 죽립이 반쪽으로 갈라지며 스르르 떨어져 내렸다.

머리 위를 스쳤던 무장의 칼이 이 세상에 마지막으로 남긴 흔적이다.

쨍쨍한 햇빛 아래 죽립인의 검게 그을린 얼굴이 드러났다.

듬성듬성 뻣뻣한 수염이 나 있고, 네모진 턱이 돌처럼 단단해 보이는 스물예닐곱 살의 사내.

한 달 전, 안남의 토옥림을 홀로 떠나온 도수백이었다.

단칼에 금군의 장령 두 명을 베어버린 도수백이 성큼성큼 모옥으로 다가갔다.

꽝!

그의 발길질에 낡은 문짝이 요란한 소리를 내며 떨어져 풀썩 먼지를 날렸다.

魔風俠星
第七章
한 사람의 죽음이 주는 의미

퀴퀴한 어둠 속에 서탁(書卓)이 있고, 한 사람이 단정하게 앉아 있었다.

더 이상 방해하는 자는 없다.

도수백의 두 눈이 번쩍이는 빛을 발했다.

조심성없이 다가간 그가 품에서 둘둘 만 종이 두루마리를 꺼내며 물었다.

"당신이 왕윤춘인가?"

서탁을 지키고 앉아 있는 사람은 말이 없다.

좌라락—

도수백이 그의 면전에서 두루마리를 풀었다.

거리에 붙어 있던 방을 뜯어낸 것인데, 한 사람의 얼굴이 거친 붓 놀림으로 그려져 있고, 그의 죄상과 함께 은자 일천 냥을 준다는 내용이 빼곡하게 적혀 있었다.

그림 속의 대역 죄인은 육십 살을 훌쩍 넘겨 보이는 노인이 었다.

광대뼈가 두드러진 마른 얼굴이고, 턱에는 세 가닥 수염이 나 있다.

황제와 황실에 대한 반역죄로 천하에 널리 수배된 자, 왕윤춘(王玧春).

그는 북경에 대저택을 가지고 있으면서 황궁 내에서도 막강한 실력을 행사하던 자이다.

내각의 학사로 재임하다가 오호도독부 중 좌군도독부로 옮겨와 종이품의 도독첨사(都督僉事)가 되었다.

그 후 금군총령과 결탁하여 황제 폐하를 해치려는 음모를 꾸미다가 발각되자 달아났다.

그것이 방에 적혀 있는 그의 죄상이었다.

금군총령 장무위가 오체분시의 참형에 처해졌을 때 좌군도독첨사 왕윤춘은 그를 따르는 심복 호위무사들과 함께 북경을 빠져나가 모습을 감추었다.

애꿎은 그의 가솔들만 모두 목이 잘려 성문에 걸렸고, 그의 저택은 무너져 커다란 연못이 되었다.

그게 일 년 전인데, 오늘 이렇게 이해 복판의 중이도에 모습을 드러낸 것이다.

"요망한 도사가 보낸 자이냐?"

왕윤춘이 모든 걸 체념한 얼굴로 물었다.

"도사?"

"왕금 말이다."

"흥!"

"참으로 끈질기고 악착같은 자로다. 그런 자가 황상의 눈을 가리고 귀를 막고 있으니 천하에 광명한 날은 영영 오지 않으려나 보다."

그의 말은 귀에 들어오지 않는다.

"틀림없군."

다시 한 번 그림 속의 얼굴과 눈앞의 얼굴을 비교해 본 도수백이 두루마리를 둘둘 말아 잠방이 속에 넣고 오만하게 내려다보았다.

"도사 나부랭이와는 상관없어. 나는 당신 목에 걸린 상금이 탐났을 뿐이다."

"응?"

그의 말이 의외였던 듯 왕윤춘이 눈을 휘둥그레 뜨고 올려다보았다.

눈길에 은은한 노여움이 실린다.

"이놈!"

갑자기 터져 나온 카랑카랑한 호통.

"아무리 민생이 곤란하고 도리가 땅에 떨어진 세상이라고
해도 인간으로 태어났으면 인간답게 살아야 할 것 아니냐!"

"……!"

"새파랗게 젊은 놈이 제 꿈은 어디에 두고 들판의 승냥이
처럼 살아간단 말이냐?"

도수백이 잔뜩 눈살을 찌푸렸다.

노여워서가 아니었다.

생전 처음 보는 노인.

그의 느닷없는 호통이 가슴을 울렁거리게 했기 때문이다.

"충의를 설명하고 협의지사의 일을 말하지는 않겠다. 하지
만 목적에 대해서는 말해주지 않을 수 없구나."

"……"

"대저, 어엿한 장부로 태어났다면 문안에서는 부모님께 효
도하고, 문밖에 나가면 학문을 갈고닦으며 벗과의 의리를 지
켜야 한다. 그리하여 충의지심을 지니고 장차 세상에 큰 뜻을
펼쳐야 옳을 것이다. 그게 인간답게 사는 것이고, 장부가 가
져야 할 인생의 목적이다!"

부형이 자제를 꾸짖듯, 엄한 스승이 어리석은 제자를 나무
라듯 호통 친다.

"장부가 칼을 들었으면 황상을 위하여 간신 역적들의 목을
베고, 변방에 나가 외적을 물리쳐야 마땅한 법! 그런데 살인
의 목적이 고작 은자 나부랭이에 있을 뿐이라니, 네 젊음이

너무 안타깝다!"

"……."

도수백은 입을 꾹 다문 채 묵묵히 서서 서슬이 퍼런 노인의 얼굴을 내려다보기만 했다.

"이 미욱한 놈! 너는 네 자신에 대해서 조금의 책임감도 느끼지 않는단 말이냐?"

도수백의 입가에 싸늘한 웃음이 떠올랐다.

"몰라."

"하―"

도수백의 그 한마디에 왕윤춘이 길게 탄식했다.

그리고 타이르듯 다시 말한다.

"잘 들어라. 인간에게는 인간의 삶이 있고 짐승에게는 짐승의 삶이 있는 법이다. 인간으로 태어나 짐승처럼 산다면 그건 이것도 저것도 아니니 오히려 짐승보다 못한 것이겠지."

"영감."

도수백의 얼굴 가득 떠오른 비웃음과 경멸의 기색이 짙어졌다.

"짐승은 정직해."

"뭐라고?"

"배가 부르면 다른 먹이는 넘보지 않거든. 뒷전에서 음모를 꾸미고 권모술수를 부리지도 않아. 힘이 있으면 살고 없으면 죽는다. 그걸 당연하게 여기지. 그런데 사람은?"

“……!”

“내가 볼 때는 당신 같은 자들이 더 짐승스럽다.”

이제는 왕윤춘이 입을 꾹 다물었다.

“늘 주둥이만 살아서 나불거리고, 하찮은 꾀를 써서 남을 해치려고 수작을 부리지. 원한이 있으면 떳떳하게 칼을 휘둘러 목을 쳐버리는 게 더 정직하고 통쾌하지 않겠어? 그럴 힘이 없으면 조용히 물러서서 꽁무니를 빼는 게 정직한 거야.”

“하—”

왕윤춘이 다시 길게 탄식했다.

조금 전의 탄식과 같은 것이지만 이번에는 그 느낌이 달랐다.

“해안이 왜구와 수적의 무리에게 약탈당하고, 달탄의 기병들이 장성을 넘나드는 동안 너희 조정의 고관이라는 것들이 한 게 뭐지?”

“…….”

“민초들이 이리 쫓기고 저리 쫓기며, 짐승 같은 놈들의 창칼에 피를 흘리든 말든 너희들이 한 짓이라고는 권력에 빌붙어 열심히 백성들의 고혈을 빨아댄 것밖에 없다.”

“하—”

왕윤춘의 탄식이 더욱 뜨거워졌다.

이제는 그가 고개를 숙이고 묵묵히 도수백의 말을 듣는다.

그의 얼굴이 부끄러움으로 붉어진 걸 도수백은 볼 수 없었다.

"나는 차라리 짐승으로 살겠다. 그게 빌어먹을 황제의 눈치나 보면서 전전긍긍하고, 어떻게 하든 권력을 잡아보려고 혈안이 되어 있는 너희 같은 부류보다 훨씬 나을 거야."

노인에게는 많은 생각이 떠오르고 가라앉는 모양이었다. 눈빛과 안색이 수시로 바뀌었다.

하지만 그는 굳게 닫은 입을 다시 열지 않았다.

어쩌면 한두 마디 말로 반박할 엄두가 나지 않아서인지도 모르고, 이 짐승 같은 놈과는 더 말할 필요가 없다고 여긴 것인지도 모른다.

이글거리는 눈으로 노려보던 도수백이 턱짓을 했다.

"가자. 왕부에 영감을 넘기고 천 냥을 받아야겠어."

어두워진 얼굴을 묵묵히 숙이고 있던 왕윤춘이 천천히 고개를 들어 도수백의 시선을 정면으로 받았다.

"부탁이 있다."

"부탁?"

"네놈에게 천 냥의 은자를 가져다줄 몸이니 부탁 한 가지 정도는 들어줄 수 있겠지?"

"말해봐."

"나를 죽여다오."

"……?"

"네가 여기까지 온 건 장부로서의 협의지심도, 황상에 대한 충성과 대의명분도, 민초들에 대한 염려 때문도 아니지. 오직 내 목을 탐내서가 아니더냐?"

그는 산 채로 끌려가는 걸 두려하고 있었다.

왕부로 끌려가면 그곳에서 모진 고문을 당하고 북경으로 압송될 것이 뻔하다.

그곳에서는 더욱 모진 고초를 치르게 되리라.

그리고 수많은 사람들이 보는 앞에서 능지처참이라는 가혹한 형벌을 받고 죽게 되지 않겠는가.

도수백은 왕윤춘이 그걸 두려워하는 것이라고 생각했다.

하지만 어쨌든 상관없다.

어차피 죽을 인간이라면 고통을 줄여주는 게 최대한의 자비를 베푸는 일이 될 것이다.

그가 천천히 칼을 들어 올렸다.

흐트러짐없이 꼿꼿이 앉아서 눈을 지그시 감은 채 기다리고 있는 왕윤춘의 깡마른 얼굴을 보자 언뜻 연민의 감정이 든다.

하지만 그뿐, 도수백은 아무것도 생각하고 싶지 않았다.

'목표라고?'

불쑥 왕윤춘이 꾸짖던 말이 떠올랐다.

'내 목표는 바로 네 목이다!'

도수백의 의식이 즉각 그렇게 반발했다.

씨잉—

그리고 그의 칼이 떨어졌다.

"멈춰!"

한발 늦게 터져 나온 고함 소리.

그러나 이미 왕윤춘의 늙은 머리통은 매끄럽게 잘려 도수백의 발아래로 굴러 떨어지고 난 뒤였다.

어깨가 밋밋해진 늙은 몸뚱이가 그대로 꼿꼿하게 의자에 앉아 있다. 그게 더 끔찍해 보였다.

뒤늦게 콸콸 쏟아져 나오는 붉고 뜨거운 피.

왈칵 끼쳐 오는 그 비릿한 냄새에 도수백이 눈살을 찌푸렸다.

온몸에 익숙하게 배어 있는 피 냄새지만 왠지 지금 이 순간의 그것만은 낯설고 불쾌하기만 했다.

천천히 왕윤춘의 잘려진 머리통을 주워 들고 돌아서는 도수백의 얼굴이 밀랍처럼 창백했다.

무표정하고 무감정해서 흰 돌을 깎아놓은 것 같다.

그 모습에 소리 지르고 뛰어들었던 흑질 나대규와 마두괴 상조가 흠칫해서 멈추어 섰다.

그들 두 악종은 온몸에 피를 뒤집어쓴 흉측한 몰골이었다.

"늦었군."

도수백의 말에 마두괴 상조가 그 보기 싫은 얼굴을 일그러뜨리며 히죽 웃었다.

"아깝다. 살려서 데려갔더라면 백 냥은 더 받을 수 있었을 텐데 말이야."

"제기랄, 춤은 우리가 추고 돈은 저놈이 챙겼군 그래."

투덜거리는 나대규의 말에 상조가 힘을 실어 대꾸한다.

"셋이서 합작을 하기로 약속했으니 누가 목을 차지했든 상금은 나누어 갖는 거야. 그렇지 않아?"

묻기는 나대규에게 묻지만 그의 음흉하게 번쩍이는 눈길은 도수백의 얼굴에서 떠나지 않았다.

도수백은 아무런 말이 없었다.

피가 뚝뚝 떨어지는 왕윤춘의 머리통을 든 채 터벅터벅 걸어 그들의 어깨를 스치고 밖으로 나간다.

"이봐, 기다려!"

상조가 소리치고 훌쩍 몸을 날려 앞을 막아섰다.

뒤에서는 나대규가 흉흉한 눈길을 도수백의 뒤통수에 꽂고 있다.

"칠 대 삼이다. 이의없겠지?"

히죽.

도수백이 그를 향해 바보처럼 웃어 보였다.

"그렇지. 역시 호한이로군 그래. 의리가 있어."

제 말에 동의했다고 여긴 상조가 경계심없이 다가와 도수백의 어깨를 툭툭 쳤다.

도수백이 들고 있던 왕윤춘의 머리통을 그에게 건네준다.

상조의 입이 활짝 벌어졌다.

그가 손을 내밀어 머리통을 받아 든 순간, 도수백의 칼이 번쩍하고 빛났다.

빡!

기이한 음향이 터져 나오고, 뒤에서 긴장을 풀고 바라보던 나대규가 놀란 외침을 터뜨렸다.

“어헉!”

마두괴로 악명을 떨치던 말상의 사내, 상조의 머리통을 깊이 가르고 도수백의 칼이 박혀 있다.

“끄으으―”

상조가 마지막 신음을 흘리며 안간힘을 다해 손을 들어 도수백을 가리키더니 풀썩 주저앉았다.

“이, 이놈! 무슨 짓을 한 거냐!”

눈앞의 일이 믿어지지 않는지 나대규가 온몸을 덜덜 떨며 악을 썼다.

도수백이 한 발로 상조의 가슴을 밟고 천천히 칼을 뽑아 들었다.

왈칵 허공에 솟구친 뜨거운 피가 고스란히 도수백의 가슴으로 뿌려졌다.

천천히 나대규에게 돌아선 도수백의 얼굴은 더욱 창백하고 딱딱하게 굳어 있었다.

“너희들 같은 쓰레기와 돈을 나누기는 싫거든.”

“이, 이, 찢어 죽일 놈!”

나대규의 구레나룻으로 뒤덮인 두 볼이 지나친 분노와 놀람으로 푸들푸들 떨렸다.

"죽여 버리겠다!"

그가 버럭 소리치며 무섭게 달려들었다.

대리 일대에서 충분히 악명을 떨치고 있는 다섯 자, 육십 근짜리 대도(大刀)가 벼락처럼 떨어진다.

쨍!

도수백이 이 빠진 칼을 비스듬히 휘둘러 그것을 쳐내자 쇠항아리를 두드린 것 같은 소리와 함께 새파란 불똥이 튀었다.

이를 악문 나대규는 그 어느 때보다 맹렬하고 사납게 칼을 휘둘러 후려치고 찍어댔다.

한순간에 도수백에게 품은 원한이 평생을 살아오면서 가졌던 모든 노여움들을 합쳐 놓은 것보다 큰 것이다.

도수백은 이런 자들이 싫었다.

악에 받치면 살고 죽는 걸 잊고 악귀처럼 달려드는 자.

인간이 아니고 한 마리 짐승이며 야차다.

자신의 그런 모습을 상대를 통해서 바라보는 것 같기에 증오가 더 커진다.

혐오감이기도 했다.

그래서 도수백은 차갑게 마음이 가라앉았다.

동류(同流)에 대한 적개심이었다.

씨잉―

그가 나대규의 칼을 아슬아슬하게 흘려보내며 반걸음 다
가섰다.

그리고 그의 칼이 흰 빛을 뿌렸다.

어금니를 악문 나대규가 대도를 들어 마주 후려쳐 왔다.

땅!

"흡!"

도수백이 놀란 숨을 들이켰다.

손아귀에 전해지는 엄청난 충격.

그것이 팔꿈치를 타고 어깨까지 밀려들더니 한쪽 가슴을
뻐근하게 하며 치달린다.

나대규의 칼 힘은 도수백이 짐작했던 것보다 몇 배는 더 컸
다.

'이건 힘으로 상대할 놈이 아니군.'

그런 생각이 든 순간 도수백의 움직임이 돌변했다.

어느 상황, 어떤 상대를 맞아도 적응이 남들보다 두어 호흡
빠르다는 것.

그건 도수백이 천부적으로 타고난 재능이었다.

그가 발놀림을 재빠르게 하며 좌우로 어지럽게 움직였다.

뿌연 먼지 속에서 그의 몸이 유령처럼 흐느적거리고, 연기
처럼 흩어지는 것 같다.

나대규의 칼이 그것을 향해 눈 깜짝할 사이에 세 번이나 떨
어지고, 찍고, 훑어갔다.

헛손질일 뿐이다.

나대규는 재빠르고 어지럽게 움직이는 도수백을 잡을 수 없었다.

그래서 더 화가 나 씩씩거리며 온 힘을 다해 대도를 휘두른다.

다시 십여 차례나 그렇게 헛손질을 하고 나자 맥이 빠지고 손아귀의 힘이 풀렸다.

그의 기세가 눈에 띄게 둔해지자 상대적으로 도수백의 움직임은 더욱 민첩해졌다.

미끄러지듯 두 걸음을 좁혀온 그가 비로소 마음껏 칼을 휘둘렀다.

피잉—

팽팽하게 당겨진 낚싯줄을 채 올리는 것 같은 소리.

"으헉!"

나대규의 입에서 처음으로 놀란 외침이 터져 나왔다.

아랫배가 화끈하더니 가슴에 이르기까지 긴 흔적이 새겨졌다.

너무 빠른 칼질이었기에 피도 흘러나오지 않았다.

낡은 적삼이 쩍 벌어지고 드러난 살갗에 긴 자국이 남았을 뿐이다.

어지러워진다.

그 순간 허공을 재빨리 돌아온 칼이 나대규의 목을 찍었다.

덜컥 하는 소리가 귀에 들린 것 같았다.

그것뿐, 나대규는 제가 스르르 무너지고 있다는 걸 느끼지 못했다.

도수백이 왕윤춘의 목을 들고 터벅터벅 숲을 건너갈 때, 모옥 앞의 하얀 마당은 죽은 자들의 몸뚱이에서 흘러나오는 피로 질퍽하게 젖어가고 있었다.

네 구의 참혹한 주검. 그것을 사랑하는 까마귀들이 하나둘 내려앉아 머리를 끄덕이며 까옥, 까옥, 운다.

"너, 너……!"

세 놈.

도수백이 칼등으로 후려쳐 무기력하게 만들었던 그들 세 명의 호위가 주저앉아 있다가 도수백을 보았다.

그의 손에 들려 있는 왕윤춘의 머리통을 본다.

기가 막히고 억장이 무너진다는 얼굴이더니, 이내 절망으로 바뀌었다.

"크흐흑, 대인!"

한 놈이 울부짖자 나머지 두 놈도 대성통곡을 터뜨리며 엎드렸다.

"이놈, 이 짐승 같은 놈! 네가 어떻게 그분을, 그분을! 크흐흑—"

"이제 더 이상 우리가 우러를 하늘은 없다!"

“으허엉! 왕 대인! 이 원통함을 어찌해야 한단 말입니까!”

세 사내의 비통한 울부짖음이 도수백의 발을 붙들었다.

도수백은 멍하니 서서 그들을 바라보았다.

'내가 무슨 짓을 한 거지?

그런 의문이 그를 괴롭게 했다.

어쩌면 왕윤춘은 이렇게 죽어서는 안 되는 사람인지도 모른다.

방(訪)에 적혀 있는 대로라면 그는 대역무도한 자였다.

백 번 죽어도 부족할 대간신.

그래서 천 냥이라는 거액의 현상금을 걸고 전국에 방을 붙이지 않았겠는가.

그런데 이건 뭔가 이상하다는 느낌.

“새파랗게 젊은 놈이 제 꿈은 어디에 두고 들판의 승냥이처럼 살아간단 말이냐?”

왕윤춘의 호통 소리가 귀에 쟁쟁 울렸다. 그래서 도수백은 짜증이 났다. 자기 자신의 행위에 대한 분노도 생긴다.

'돌아볼 필요 없다.'

스스로를 다졌고,

'나는 내 일을 한 것뿐이다.'

그런 말로 스스로를 위로했다.

‘그렇다. 이건 내 일이야. 농사꾼이 쟁기질을 하듯이, 어부가 그물을 끌어 올리듯이 나는 칼을 휘둘렀을 뿐이다.’

애써 그렇게 생각했다. 그리고 한 걸음 뒤에 두고 온 지난 일들은 생각하지 않기로 한다.

“네놈은 자손 대대로 저주를 받을 것이다!”

푹—

한 놈이 지독한 저주의 말을 쏟아내더니 비수를 꺼내 제 목줄기를 깊이 찌르고 쓰러졌다.

“짐승보다 못한 놈! 한 푼 돈을 위해서 제 어미, 아비도 팔아먹을 놈!”

“저승의 원귀가 되어서라도 반드시 네놈에게 찾아가 왕 대인의 복수를 하고 말 테다!”

푹—

나머지 두 놈도 제 스스로 목숨을 끊고 널브러진다.

그들이 흘린 피가 스멀스멀 기어들어 발밑을 적시건만 도수백은 꼼짝하지 않았다.

그 지독한 저주의 말에 질려서가 아니었다.

‘이건 뭔가?’

그런 의문이 올가미가 되어 그를 옥죄고 있었다.

죽은 자를 위해 제 목숨을 던지는 어리석은 행위를 비웃어야 마땅하지만 그럴 수 없었다.

마음속에 깃들었던 꺼림칙함과 후회가 점점 커져서 바윗

덩이처럼 그를 짓눌러 왔다.

주인을, 그것도 이미 죽은 자를 위해 기꺼이 제 목숨을 버릴 수 있는 수하들을 가진 자.

수하들로부터 그런 신뢰와 존경을 받았던 자라면 결코 악당이 아닐 것이다.

왕윤춘은 방에 적혀 있는 대로의 대역무도한 자가 될 수 없다.

그런 생각이 도수백을 어지럽게 했다.

절강의 연안에 머무는 동안 왜구들에게 몸과 재물을 모두 빼앗기고 처참하게 죽어가는 백성들을 수도 없이 보았다.

그때마다 나라 꼴을 이렇게 만든 조정의 대신이라는 것들에 대한 원한이 사무쳤었다.

그 대신 중 한 놈이, 그것도 대역무도한 죄를 짓고 달아난 놈이 여기 있다.

그 생각만으로 피가 끓어올라 달려왔는데, 이건 뭔가 아니라는 느낌.

"제기랄!"

도수백은 제 자신을 때리기라도 하듯 땅을 굴렀다.

어느덧 머리 위에 땅거미가 깔려오고 있었다.

도수백이 붉어진 하늘을 향해 뜨거운 한숨을 내쉬었다.

'지나간 일은 돌아보지 않는다. 지나간 것은 다시 생각하

지 않는다.'

다가오는 시간을 막을 수 없듯이 지나간 시간도 어쩔 수 없다.

그래서 도수백은 모든 꺼림칙함을 털어버리듯 신경질적으로 노를 저었다.

삐걱거리는 소리와 함께 쪽배가 빠르게 이해의 물살을 가르며 멀어져 간다.

한 번도 돌아보지 않는 그의 등 뒤에서 이제는 죽은 자들만 남아 있는 중이도가 검은 어둠 속으로 가라앉아 가고 있었다.

*   *   *

품 안에 천 냥의 돈이 있다.

백 냥짜리 전표도 처음 보는 것이려니와, 그것을 열 장씩이나 만져 본다는 건 꿈도 꾸어보지 못한 일이다.

그것이 품 안에 있다.

하지만 마음이 유쾌하지 못한 건 왜일까?

다시 생각하지 않으려고 하는데, 갈수록 불쾌한 기분이 더해지기만 했다.

도수백은 혼자서 술을 마시고 있었다.

활활 타오르는 모닥불의 화끈한 열기가 그의 얼굴을 붉게 달구었다.

"개자식."

누구에게 하는 욕인지 모른다.

불쑥 입에서 또 다른 욕이 튀어나왔다.

"썩어 뒈질 놈."

제 자신에게 하는 욕이다.

꿀꺽, 꿀꺽—

항아리를 기울여 다시 몇 모금의 술을 마셨다. 가슴이 불붙은 것처럼 화끈거린다.

두 단지의 술을 그렇게 마셔댔지만 취하기는커녕 머릿속이 점점 투명해지기만 했다.

도수백은 짙은 어둠으로 덮여 있는 창산의 골짜기, 졸졸 흐르는 개울가에 짐승처럼 홀로 앉아서 밤이슬에 어깨를 적시고 있었다.

싸늘한 바람이 분다.

일렁이는 불길에 밀리듯 어둠이 크게 흔들리며 물러섰다. 그리고 함부로 자갈을 밟고 다가오는 발소리가 들려왔다.

저벅, 저벅.

도수백은 개의치 않았다.

투박한 손으로 술 항아리를 어루만지다가 다시 벌컥벌컥 몇 모금을 들이킨다.

"성공했다며? 축하한다."

쉿소리가 섞인 듯한 음성이 귓전을 긁었다.

일렁이는 불길 건너에 한 사람의 모습이 보였다.

오십 줄에 접어든 초라한 사내.

그가 다가오자 물비린내가 맡아진다.

"그것 봐, 내 말이 맞았지?"

사내가 거리낌없이 모닥불 건너에 마주 앉으며 흐흐 웃었다.

손을 뻗어 술 항아리를 가져가더니 꿀꺽꿀꺽 마셔댄다.

도수백은 얼굴을 숙이고 있었다.

아무 말도 하지 않는다.

술에 취한 것 같기도 했다.

"내 몫을 줘야지?"

사내가 불쑥 손을 내밀었다.

그는 이해를 밥줄로 삼고 있는 어부다.

바다처럼 넓은 호수 여기저기를 쪽배 한 척에 의지해 떠돌며 낚시를 하고, 그물질을 해서 먹고사는 자인 것이다.

밤이면 뭍으로 기어올라 와 도박을 하고 유곽을 기웃거리는 사. 거리의 부랑자들과 어울리고 때로는 칼부림도 곧잘 하는 그런 자다.

하지만 날이 밝으면 그는 어부로 돌아갔다.

천연덕스런 얼굴로 그물을 내리고, 뱃전에 쪼그리고 앉아 낚시를 하는 것이다.

그때의 그는 세상을 달관한 듯한 허무함을 도롱이처럼 두르고, 선한 웃음을 지어 보이는 은자(隱者)였다.

흉심조부(凶心釣夫) 곽칠(郭七).

이해 동쪽 물가에 접해 있는 유색현(柳色縣)에서는 누구나 그를 그렇게 불렀다.

"그런데 함께 갔던 두 사람은?"

곽칠이 탐색하듯 도수백을 힐끔힐끔 바라보며 물었다.

"죽었어."

여전히 얼굴을 숙인 채 흘리듯 하는 도수백의 무심한 대답.

곽칠의 낯빛이 순간적으로 굳어졌다. 하지만 그는 곧 긴장을 감추고 히죽 웃었다.

꿀꺽, 꿀꺽, 꿀꺽.

다시 몇 모금의 술을 마시더니 손등으로 입가를 훔치며 태연하게 말한다.

"쳇, 보기보다 명이 짧은 놈들이었군. 싸우다 보면 뒈질 때도 있는 거지 뭐."

"……."

"그건 그렇고, 어쨌든 내 몫은 줘야지?"

곽칠이 태연하고 뻔뻔하게 손을 내밀었다.

魔風俠星
第八章
괴승(怪僧) 원도(遠道)

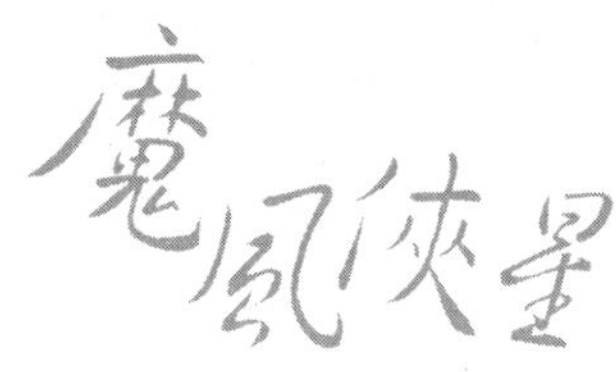

이해를 오가던 곽칠이 중이도를 지날 때 왕윤춘을 본 건 우연이었다.

꼿꼿하게 생긴 마른 노인이 햇빛이라도 쐬러 나온 듯 물가를 서성거리고 있었던 것이다.

그때는 별생각 없이 지나쳤는데, 대리 부중에 들어와 어슬렁거리다가 거리에 나붙은 방을 보았다.

곽칠은 중이도를 지나가며 본 늙은이가 바로 방에 그려져 있는 그 늙은이라는 걸 금방 알아보았다.

목에 일천 냥의 상금이 걸려 있다.

눈이 뒤집혔지만 그는 자기 혼자서 할 수 있는 일이 아니라는 걸 잘 알았다.

관아에 고해바쳐 봐야 상금은 윗대가리들이 쓱싹 해버리고 푼돈이나 떨어질 게 뻔하다.

그래서 곽칠은 나대규와 상조를 찾아갔다.

앵속(罌粟:아편) 연기 자욱한 도박장에 그들은 있었다. 그리고 그곳에서 처음 도수백을 보았다.

어떤 연유인지 대리 일대에서 포악하기로 악명 높은 두 악당이 처음 보는 애송이와 낄낄거리며 어울리고 있지 않은가.

곽칠은 다시 도수백을 훔쳐보았고, 혹질 나대규와 마두괴 상조가 그와 스스럼없이 어울리는 걸로 보아 도수백 또한 타고난 악당일 것이라고 짐작했다.

그들에게 뜯어온 방을 보여주며 은근히 속을 떠보자 예상대로 나대규와 상조의 입이 쩍 벌어졌다.

"어때? 돈이 궁하지 않냐? 원한다면 끼워줄 수도 있는데 말이야."

나대규가 낯선 청년에게 그렇게 말했으므로 곽칠은 의아하게 생각했다.

그 낯선 청년, 애송이가 아무 거리낌 없이 말했다.

"뭐 별로 할 일도 없던 터인데 그래 볼까?"

"좋아, 네가 과연 한몫하는 놈이라면 우리 패거리에 끼워주지. 그러니 이번에 네 자신을 증명해 봐."

"그거야 쉬운 일이지."

빙긋 웃은 애송이가 덧붙였다.

"그리고 나는 원래 북경의 고관대작이라는 것들을(遠道) 미워했거든."

"흐흐, 고관대작이든 뭐든, 어떤 놈인지 따위는 알 필요 없어. 저놈이 어디 계집의 상판을 봐가며 덮치더냐?"

마두괴 상조를 가리키며 한 말이다.

저쪽에서 상조가 무릎에 앉히고 있던 계집의 궁둥짝을 두드리며 히히 웃었다.

낯선 청년이 머리를 끄덕였다.

"하긴……."

그렇게 해서 도수백이 끼어들게 되었던 것이다.

"자, 이제 말해봐. 이 복덩어리를 보았다고? 어디에서?"

나대규의 속삭임에 곽칠도 주변을 힐끔거리며 속삭였다.

"내 몫부터 말해봐. 그럼 가르쳐 주지."

"일 할."

"쳇, 그만둬. 차라리 나 혼자서 할 테다."

"후레자식 같으니. 이 할. 그 이상은 안 돼."

곽칠은 상금을 네 명이서 나누어 가져야 할 텐데, 제 몫으로 그 정도면 적당하다고 생각했다.

이백 냥은 결코 적은 돈이 아니다.

"중이도에 있다. 오늘 낮에 봤으니까 아직 거기 있을 거야."

　빠르게 속삭여 주고 난 곽칠이 느긋한 얼굴이 되어서 몸을 일으키고 곰방대를 빨았다.

　이백 냥.

　야비한 악당이라면 누구나 제 마누라는 버릴지언정 그 돈은 포기하지 않으리라.

　그래서 곽칠은 약속한 시간에 약속한 장소에 왔고, 도수백이 혼자서 그를 맞은 것이다.

　"어서."

　그가 재촉한다.

　도수백이 천천히 고개를 들었다.

　술기운에 달아오르고 화기를 받아 더욱 붉어진 그의 얼굴에 비웃음이 스쳐 갔다.

　"없어."

　도수백의 무심한 말.

　"뭐라고?"

　곽칠의 눈빛이 번들거리기 시작했다.

　"너 같은 놈에게 줄 돈은 없다."

　"흐흐흐, 혼자서 상금을 꿀꺽하시겠다?"

　"나는 방금 결정했어. 이 피 묻은 돈을 어떻게 써야 할지 말이다. 너 같은 놈에게 나누어 줄 상금 같은 건 없다."

　"헛소리!"

곽칠이 날카롭게 소리쳤다.

홍분 때문에 그는 도수백의 손이 슬며시 칼자루에 닿는 걸 보지 못했다.

그의 손가락이 아주 조금씩 움직여 초올(鞘兀:칼집 테두리)에 박혀 있는 첨자(籤子:칼이 칼집에서 빠지는 걸 방지하기 위해 박아 넣은 쇠붙이)를 푼다.

'세 놈.'

그의 짐승 같은 감각이 어둠 속에서 엿보는 자들의 기척을 잡은 것이다.

곽칠이 벌떡 뛰어 일어났다.

"흑질과 마두괴도 네놈이 죽였지? 혼자서 상금을 차지하려고 말이야!"

"상금 때문이 아니야."

제가 죽였다는 걸 인정하는 말이다.

곽칠이 음흉한 웃음을 흘리며 물러섰다.

"흐흐흐, 처음부터 네놈을 믿을 수 없었지. 이왕 이렇게 되 있으니 어쩌겠어? 그렇다면 나도 네놈을 죽이고 상금을 빼앗으면 그뿐이다. 오히려 잘된 일이지."

곽칠이 손짓을 했고, 어둠 속에서 세 놈의 기척이 크게 흔들렸다.

그 순간, 도수백이 모닥불을 걷어찼다.

이글거리는 숯덩이가 불똥을 날리며 비산한다.

“억!”

곽칠이 옷자락을 털며 급히 물러섰고, 도수백이 앉아 있던 그대로 도약했다.

피잉—

칼집에서 빠져나온 칼이 번쩍이는 흰빛을 뿌리며 내리꽂힌다.

“캐액!”

막 품에서 두 자루의 비수를 꺼내던 곽칠이 쉿소리를 냈다.

그의 머리통을 찍은 칼에는 조금의 인정도 없었다.

쩍 벌어지는 그것을 뒤에 둔 채 어둠을 향해 맹렬하게 뻗어 나간다.

단 두 번의 도약.

그것으로 도수백은 삼 장 밖에서 흔들리는 어둠과 부딪치고 있었다.

“엇!”

의외의 일에 당황한 자의 낮은 외침이 들렸다.

기습을 하려다가 오히려 기습을 당한 꼴이라 그들의 놀람은 더욱 컸다.

도수백의 칼이 그 찰나의 틈을 놓치지 않고 흰빛을 뿌렸다.

서걱!

검은 어둠을 하얗게 가르고 뻗어나간 칼 빛의 무지개 속에서 살이 베이고 뼈가 잘리는 끔찍한 기음이 터져 나왔다.

남은 두 놈이 넘어질 것처럼 옆으로 물러서고, 도수백은 좌측의 놈을 노리고 다시 한 번 도약했다.

"끼얏!"

밤하늘에 쩌르릉 울리는 야수의 포효 같은 기합성.

"으앗!"

놈이 미처 칼을 다 뽑지 못하고 외마디 단말마와 함께 무너졌다.

반쯤 잘린 목을 덜렁거리며 주저앉는다.

"기, 기다려!"

눈 깜짝할 사이에 홀로 남게 된 놈이 겁에 질린 얼굴로 소리쳤다.

하지만 도수백의 이글거리는 눈빛 속에 연민이나 자비심은 없다.

"합!"

짧고 우렁찬 또 한 번의 기합성.

미끄러지듯 다섯 걸음을 좁힌 그가 사선으로 칼을 그었다.

쨍!

겁에 질린 채 얼떨결에 그것을 받아낸 건 쌍구겸(雙鉤鎌)이었다.

도수백이 더욱 사납게 숨 돌릴 새 없이 몰아쳤다.

승패는 이미 결정되었다.

하지만 그럴수록 무자비해져야 한다.

핑—

도수백의 두 번째 칼에 구겸 한 자루가 허공으로 날았다.

그리고 완만하게 호선을 그리며 떨어지는 세 번째 칼을 놈은 제 목으로 받을 수밖에 없었다.

자신이 한 행동에 대해서 깊이 생각하고 괴로워해 본 적은 없었다.

자신의 칼에 죽은 자들에 대하여 연민을 갖거나, 그렇게 한 것을 후회해 본 적도 없다.

그는 병사로서 왜구를 상대로 싸웠고, 당연히 해야 할 일을 했기 때문이다.

그래서 싸우고 돌아온 날은 우쭐해지기도 했다.

하지만 지금은 상황이 달랐다.

그는 더 이상 병사가 아니었고, 자신이 벤 왕윤춘이 왜구도 아니었으며, 죽어야 마땅할 악당도 아니라는 것을 조금씩 느끼고 있었기 때문이다.

도수백은 저의 경솔했던 행동에 대해 일말의 가책과 함께 알 수 없는 책임감마저 느끼고 있었다.

'목적'이라는 말이 자꾸만 머릿속에 맴돌았다.

왕윤춘의 꾸짖음이 떠나지를 않는다.

'내 인생의 목적, 내 칼의 목적……'

그건 어디에 목표를 두는지에 따라 정해진다.

도수백은 자신의 칼이 지향하는 목표가 살인이었다는 걸 처음으로 느꼈다.

수많은 적 속에서 그의 칼은 오직 그것 하나만을 위해 움직였다.

그럴 수밖에 없는 삶이었다.

척가군으로서 악귀 같은 왜구와 싸우면서 내가 살기 위해서는 적을 죽여야만 하는 극한의 상황이 매일 되풀이되지 않았던가.

죽이는 것은 미덕이었고, 칭송받아야 할 일이었다.

왜구들을 똑같은 사람이라고 생각해 보지 않았기에 아무런 거리낌도 없었다.

도수백은 상대가 누구든 일단 '적'이라고 규정하면 더 이상 그자를 '사람'으로 보지 않았다.

썩은 나무토막이나 허수아비 정도로 여겼다.

그래서 그의 칼은 언제나 무자비했고, 잔혹하달 만큼 무정했다.

하지만 왕윤춘은 적이 아니었다. 그런데도 아무 거리낌 없이 베었다.

굳이 변명하자면 돈과 바꿀 수 있는 머리통을 가진 자였기 때문이라고 하리라.

그리고 그게 지금 도수백을 괴롭게 하고 있었다.

'그가 누구인지, 어떤 짓을 한 자인지 미리 알아둘 필요가

있었다.'

그렇지 않고 당장 궁한 주머니 사정에 급해져서 덜컥 달려
든 결과가 이와 같은 것이라면 하지 않음만 못하다.

뒤늦게 얻은 그런 교훈이 그나마 위안이라면 위안이었다.

제가 한 일은 다시 생각하지 않고 지나간 것은 돌아보지 않
노라고 늘 말했지만, 제 행위가 잘못된 것이었다는 자책감마
저 시원하게 떨쳐 버릴 수는 없었다.

아직 '인성(人性)'이라는 게 남아 있기 때문이다.

그 인성이 방금 제 손으로 죽인 자들을 더 미워지게 한다.

도수백은 머리통이 쪼개져 흉측한 몰골을 하고 땅에 누운
채 이슬에 젖어가고 있는 자를 바라보았다.

흉심조부 곽칠.

저놈 때문이라고 탓해보고, 중이도에 버려두고 온 두 놈,
나대규와 상조 때문이라고 탓해보아도 마음이 시원해지지 않
는다.

'강호의 경험이라는 것이다.'

도수백은 그렇게 스스로를 달랠 수밖에 없었다.

철들 무렵부터 병영에서 잔뼈가 굵어오지 않았던가.

강호는 그에게 낯선 세상이었다.

병영 밖의 세상을 경험하는 건 이번이 처음인 것이다.

그의 칼은 강호에서도 사나운 것으로 통하겠지만, 지금 그
의 판단력은 초출강호 풋내기의 그것과 다름없었다.

경험만이 그를 강호라는 또 다른 세상의 거친 삶 속에서 꿋꿋하게 버티고 살아남게 해주는 힘이 될 것이다.

멀리서 새벽이 어슴푸레 다가오고, 활활 타오르던 모닥불도 기세를 잃어갔다.
빈 술 항아리를 흔들어보던 그가 신경질적으로 내던졌다.
쨍그랑—
그것이 깨지는 날카로운 소리가 새벽을 깨우고, 도수백의 상념을 깨웠다.

＊　　　＊　　　＊

"돈?"
"그렇소. 더럽고 깨끗한 게 그 안에 있을까요?"
"있지."
"가르쳐 주시구려."
"물건에는 성품이 없으니 어디 더러운 게 있고 깨끗한 게 있을 것이냐?"
"방금 있다고 하지 않았소이까?"
"성품이 그렇게 만드는 것이다."
"성품?"
"더러운 마음을 품고 쓴다면 더러운 것이 되고, 보살지심을 품고 쓴다면 깨끗한 것이 되지."

"쳇, 스님은 말도 참 어렵게 하는구려. 그냥 쓰는 놈에 따라 더럽고 깨끗해진다고 하면 알아듣기 쉽지 않소?"

"흘흘, 도에 이르는 길이 어찌 쉬울 것이냐?"

"내가 보기에는 스님은 아무래도 땡중 같소. 괜히 어려운 말로 무식한 신도들을 홀려서 시줏돈이나 뜯어내려는 게지."

"고얀 놈. 네놈의 더러운 마음이 나까지도 더럽게 만드는 구나. 그게 네놈의 성품이라는 게야."

"……!"

창산 중턱에 있는 법화사(法華寺)라는 절이었다.

대리에는 창산 북쪽 자락을 품고 있는 천룡사(天龍寺)라는 큰 절이 있다.

뒤에 창산을 두고 앞으로는 이해를 바라보면서 늘어서 있는 전각들이 숲처럼 빽빽한데, 지붕마다 금빛 기와를 얹어서 햇빛이 비치면 마치 황금 사원처럼 보인다.

그 천룡사에 비하면 법화사는 작고 초라하기가 절이라기보단 암자에 가까웠다.

도수백은 발길 내키는 대로 산길을 따라 걸어 올라와 법화사에서 보름째 머물고 있는 중이었다.

원도(遠道)라는 특이한 법호를 가진 사십대 후반의 걸걸한 중이 혼자 절을 지킨다.

불도를 닦는 중이 '도에서 멀다' 는 법호를 가지고 있으니 어찌 의아하지 않으랴.

원도는 차 대신 술을 마시고, 욕도 서슴없이 해대는 무례한 중이었다.

산 아래 저자에 내려가서는 건달패들과 주먹다짐도 하는지, 어떤 날은 눈두덩이 시퍼렇게 멍이 들어서 휘적휘적 산길을 더듬어 올라오기도 했다.

도수백에게는 그런 원도가 재미있는 땡초였다.

큼직한 덩치에 우락부락하게 생긴 얼굴은 아무리 보아도 중노릇할 상이 아니었다.

승복을 벗기고 박박 민 머리에 수건이라도 감아놓는다면 누가 보든 흉악한 산적 놈이라고 여기리라.

그런 원도가 아침저녁으로 예불을 드릴 때만은 전혀 다른 사람이 되었다.

부처님께 제를 올리고 목탁을 두드리며 독경하는 소리가 그렇게 청아하고 맑을 수 없었다.

창산을 온통 흔들며 쩡쩡 울릴 만큼 크고 장중하기도 하다.

도수백은 법당 밖에서 물끄러미 그런 원도의 뒷모습을 바라보곤 했는데, 그의 독경 소리를 듣다 보면 저도 모르게 가슴 깊은 곳에서 치받쳐 올라오는 뜨거운 무엇을 느낄 때가 있었다.

그러면 등줄기를 서늘하게 하는 전율이 머리꼭지까지 치닫고, 눈시울이 뜨거워지며 가슴이 가빠졌다.

감동 때문이다.

예불을 마치고 히죽 웃으며 법당을 걸어나오는 원도의 모습이 그때만큼은 서천극락에서 오색 구름을 타고 하계로 내려오는 지장보살로 보이기도 했다.

"이놈아, 해장술이나 한잔하자."

하지만 매번 그 지장보살이 어깨를 툭 치면서 불쑥 던지는 한마디에 환상이 산산이 깨진다.

하긴, 그래서 도수백은 점점 더 원도라는 이상한 중에게 빠져들고 있었다.

"스님, 부탁이 하나 있는데 들어주시려오?"

"뭔데?"

"별로 어려운 건 아니고……."

"쯧쯧, 이 중생아, 그건 내가 판단하는 거야."

"위패 하나 모셔주오."

"위패?"

"때맞추어 제사 지내주고, 불공 드릴 때 왕생주(往生呪) 한 번 더 읽어주면 좋겠는데……."

"그거야 내가 늘 하는 일이니 어려운 게 아니지. 그런데 대체 누군데 그런 치성을 드리려는 게냐?"

"이거면 되겠소?"

도수백이 원도의 물음에는 대답하지 않고 품에서 귀 떨어진 봉투 한 개를 꺼내 불쑥 내밀었다.

"뭐냐, 이게?"

"일천 냥이오."

"뭣이? 일천 냥?"

원도의 눈이 휘둥그레진다.

"정말이라면 당장 천도제도 올려주마. 히히—"

'이놈이 거지꼴을 하고 있어서 우습게 여겼는데, 이제 봤더니 재신(財神)일세?'

시커먼 얼굴 가득 화상의 그런 생각이 드러났다.

하지만 봉투를 열어 전표를 꺼내보고 나자 원도의 낯빛이 싹 변했다.

"대리부의 직인이 찍혀 있지 않느냐?"

"거기에서 나온 전표니까 당연한 일 아니겠소?"

"너……."

원도가 딱딱하게 굳은 얼굴로 도수백을 노려보았는데, 그 눈길이 무서웠다.

도수백이 슬며시 화상의 눈을 피하며 중얼거렸다.

"이미 짐작하고 있다면 더 묻지 마시오."

"이놈, 그래서 돈이 깨끗하냐, 더럽냐 하고 말 같지도 않은 말을 지껄여서 이 부처님의 입을 수고롭게 했구나!"

"내 부탁을 들어주시오. 그래야 마음이 조금은 가벼워질 것 같으니까."

"돈으로 혈겁을 씻어보겠다는 거냐?"

노려보는 원도의 눈길이 그 무엇보다 무섭고 두렵다. 그래서 도수백은 붉어진 얼굴을 외면한 채 입을 다물었다.

"저자에 파다하던 소문이 사실이었구나."

"뭐랍디까?"

"네놈이 한 짓이니 네놈이 더 잘 알 텐데?"

"……."

"대리의 악당이란 놈들은 모두 나서서 너를 찾는다며 날이면 날마다 소란 법석을 떨고 있다. 그 통에 애꿎은 백성들만 불안에 떨고 있어."

"왜?"

"흑질과 마두괴의 패거리들이 복수를 하겠다고 설치더라. 개중에는 흥심조부 곽칠과 그 일당의 복수를 하겠다고 떠들어대는 얼빠진 중생도 있더군."

"흥!"

도수백이 차갑게 코웃음을 쳤다.

제 품 속에 들어 있는 돈 때문이라는 걸 잘 알기 때문이다.

"썩은 고기 냄새를 맡고 모여든 승냥이 떼 같은 자들이지."

"두렵지 않으냐?"

"스님 보기에 내가 그런 놈들을 두려워하며 살아온 것 같소?"

"히히, 부처님의 눈으로 보면 모두가 다 보살들일 뿐이지. 그런데 네놈은 처음부터 도살귀로만 보였으니 참 별일이긴

하다.”

“도살귀라고?”

도수백이 발끈했지만 원도는 태연했다.

그가 한 짓을 다 알고 있으니 도수백이 얼마나 냉혹하고 잔인한 자인지 충분히 짐작할 텐데 조금도 꺼리지 않는다.

“아니면 야차라고 해줄까? 하긴, 도살귀나 야차나 뭐 그게 그거다. 소똥과 말똥이 다르면 얼마나 다르겠어?”

“이런, 이런……!”

“쯧쯧, 그놈의 성질머리 하고는. 앉아라, 이놈아.”

도수백이 벌떡 일어서서 노려보며 씩씩거리지만 원도는 여전히 태평하고 느긋했다.

“죽은 자야 뭐, 이제 와서 어쩔 수 없는 일이니 그렇다 치자.”

“……”

“어떻게 죽었는지, 왜 죽었는지를 따져서 뭐 하겠어? 죽기 전에 무얼 하던 자인지, 관직이 얼마나 높았고 태생이 얼마나 고귀했던지 무슨 상관이냐. 안 그래?”

“무슨 말을 하려는 거요?”

“숨 끊어진 다음에는 왕후장상이든 곱사등이 비렁뱅이든 차이가 없다는 말이다.”

“그래서?”

“살아 있는 것들이 언제나 문제인 거지.”

원도의 말은 언제나 빙빙 겉돈다. 하지만 그 속에는 날카로운 진실이 담겨 있었다.

그것을 찾기 위해서는 많은 생각을 해야 하는데, 과거와 현재를 두루 살펴보아야만 비로소 그가 말하는 뜻에 다가갈 수 있었다.

원도는 왕윤춘이 역적이든 충신이든 이미 죽은 이상 더 미련을 가질 것 없다고 말한 것이다.

하지만 살아 있는 자들은 그렇지 않다.

제가 지은 업장 때문에 곤란에 닥칠 자가 눈앞에 있고, 또 다른 혈겁을 저지르기 위해 눈에 핏발이 선 자들이 산 아래에서 우글거리며 저자를 뒤지고 있지 않은가.

원도는 그들의 영혼을 두루 걱정해 주는 것이다.

그 뜻을 짐작한 도수백이 빙긋 웃었다.

"내 걱정을 해주는 거요?"

"흘흘, 일천 냥이나 되는 돈을 선뜻 시주해 준 보살님인데 걱정하는 척이라도 해주어야 하지 않겠느냐?"

"젠장."

맥이 풀려 버린 도수백이 다시 털썩 주저앉아 식어버린 차를 벌컥벌컥 마셨다.

"방법이 아주 없는 건 아니지."

"그게 뭐요?"

"그 칼을 버리고 내 삭도를 받는 거다."

"응?"

"미련한 놈. 머리 깎아줄 테니 여기 눌러앉아서 중노릇이나 하며 살란 말이다."

"웃기는군."

"아래로 내려가면 지옥의 악귀 같은 놈들이 득실거리니 위로 올라갈 수밖에. 올라가면 부처님의 광명한 세상이 있느니라."

"스님 눈에는 내가 중노릇이나 하면서 살 그런 얼간이로 보이시오?"

"그럼 내가 얼간이냐?"

"그런지도 모르지. 세파에 부딪치고 시달리는 게 귀찮고 괴로워서 머리 깎고 도망친 것 아니겠소?"

"갈(喝)!"

이죽거리는 도수백의 말에 원도가 노성을 터뜨렸다.

"세상을 버리는 일은 세상과 싸우는 일보다 힘들고, 부처님을 따르는 일은 그것보다 더 어렵다. 그 칼끝에 구렁이처럼 서리서리 감겨 있는 네놈의 업장보다 내 염주 알 하나에 맺혀 있는 맑은 공덕이 백 배, 천 배는 무거울 것이다. 도살귀 주제에 감히 부처님의 도력을 의심하다니!"

"떠나겠소."

갑작스런 도수백의 말에 열을 올리던 원도가 멍해졌다.

"더 있으면 이 조용한 절간에도 피바람이 몰아칠 터. 내가 멀리 떠나는 게 천 냥의 돈보다 더 큰 시주가 될 것 같구려."

"어디 갈 데는 있는 거냐?"

"천하가 이처럼 넓고 내 두 다리가 아직 튼튼한데 설마 갈 곳이 없겠소?"

원도는 도수백의 기특한 마음을 충분히 읽었다.

자기가 다칠까 봐 걱정하고, 이 보잘것없는 절이 무너질까 봐 걱정하는 것이다. 그래서 떠나려고 한다.

원도가 도수백이 산 아래에서 당할 일을 걱정해 주듯, 도수백은 산 위의 절과 원도를 걱정하는 것이다.

악당들이 소식을 듣고 우르르 몰려온다면 절간이고 중이고 온전히 남아나지 못할 것 아닌가.

"네 마음이 기특하다."

차갑고 무심해진 도수백을 바라보는 원도의 두 눈에 맑고 따뜻한 정이 어렸다.

밤이 깊었지만 도수백은 잠들지 못하고 있었다.

병영에 있을 때나 이렇게 민간에 나와 있을 때나 제 신세에는 변함이 없다는 생각이 든다.

사면초가(四面楚歌).

이 년 전, 초량진(礁量津)에서의 격전이 생각났다.

눈발 희끗희끗 날리는 갯벌에서 백여 명의 왜구에게 에워싸여 밤새도록 싸우고, 달아나고, 또 싸웠다.

척후로 나섰던 다섯 명의 동료가 모두 죽고 혼자 남았을 때의 그 막막함.

아무리 둘러봐도 달아날 길이라고는 보이지 않던 그 절망감이 다시 찾아들었다.

겹겹이 에워싸고 다가들던 왜구들의 짐승 같던 눈빛이 크게 떠오른다.

도수백은 지금 제 처지가 그때와 다르지 않다고 생각했다.

곁에서 보았을 때는 지금처럼 평온하고 평화로운 때가 없었다.

산들바람에 뎅그렁거리는 풍경 소리를 들으며 홀로 적막한 어둠 속에 누워 있다.

먼 숲에서 가끔씩 부엉이 울음소리가 들릴 뿐, 산사의 밤은 깊은 물속처럼 고요하기만 했다.

하지만 도수백은 그 적막 속에서 강호를 떠올리지 않을 수 없었다.

모든 것을 훌훌 털어버리고 칼 한 자루만 덜렁 찬 채 강호로 나왔다.

그때는 세상이 온통 제 마음대로 될 것 같다는 통쾌함에 들떴는데, 불과 두어 달 남짓 지난 사이에 이제는 혼자라는 게 두렵고 끔찍한 느낌으로 다가오기 시작했다.

강호는 이 산속의 절간처럼 평온한 곳이 아니라 온갖 야수와 독충들이 들끓고 도처에 함정이 숨어 있는 습한 밀림 속이

나 다름없었다.

한 걸음 한 걸음이 살얼음 위를 걷듯 위태롭고 아슬아슬한 곳.

도수백은 그 한복판에 홀로 서 있는 제 모습을 보았다.

어디로 가야 할지, 어디가 안전한 곳인지 알 수가 없다.

그러자 '그럼 이 절간은?' 하는 의문이 불쑥 떠올랐다.

과연 지금의 이 고요가 현실인가 하는 생각에 올 듯 말 듯 하던 잠이 천리만리 달아나 버린다.

그가 침상을 박차고 벌떡 일어났다.

느낌 때문이다.

삶과 죽음을 넘나드는 전장에서 수없이 많은 싸움을 해오며 갖게 된 그만의 특별한 감각이었다.

한시도 긴장의 끈을 놓을 수 없던 날들이 거듭되면서 저도 모르게 몸에 배어든 짐승의 본능 같은 것.

그것이 비수처럼 미간에 박힌다.

창문 가득 달빛에 비친 나무 그림자들이 어지럽게 얽혀 음산하게 어룽지고 있었다.

가만히 칼 위에 올려놓는 도수백의 손가락 끝이 긴장으로 파르르 떨렸다.

魔風俠星
第九章
종이 되다

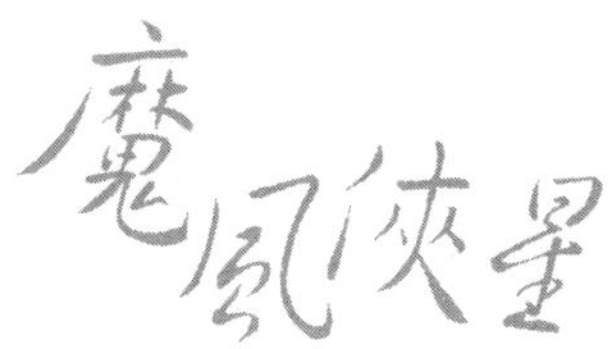

두런두런 말하는 소리가 들린다.

법당 기둥에 몸을 찰싹 붙이고 서서 도수백은 숨마저 멈춘 채 귀를 기울였다.

추녀에서 떨어진 어둠이 그를 완벽하게 감싼다.

"스님의 말씀을 믿어도 되겠습니까?"

"내가 언제 허튼소리 하는 걸 보았느냐?"

"하지만……."

"내가 언제 밤을 틈타 도둑처럼 무풍헌(武風軒)의 담을 넘어 찾아간 적이 있었느냐? 그리고 내가 언제……."

"스님!"

짙은 회색의 경장 차림을 한 자가 낮게 소리쳐 말을 끊었다.

법당 앞의 뜰에는 그와 같은 복장을 한 자들 세 명이 나란히 서 있었는데, 하나같이 등에 검을 졌고, 기세가 날카로웠다.

괴화상 원도가 그들과 마주 서서 두런두런 이야기하고 있는 중이다.

원도와 말하고 있는 자는 몸매가 호리호리해서 날렵해 보이는 청년이었다.

스물일곱이나 여덟 살쯤 되어 보이는데, 어둠 속에서도 두 눈에 이글거리는 안광이 뚜렷했다.

"우리가 무례를 범했다는 건 인정합니다. 하지만 도둑이라는 말은 과하지 않습니까?"

"나는 내가 그렇다는 거지 너희들에게 그렇다고 한 적 없다. 커흠."

"으음—"

청년이 쓴 입맛을 다셨다.

못마땅해하는 기색이 역력하지만 무슨 까닭인지 드러내 놓고 화를 내지는 못했다.

"정말 우리가 찾는 자가 이곳에 없단 말이지요?"

"누구를 찾는지 모르나 너희가 찾는 사람이 이곳에는 없는 게 분명하다."

“듣기로 얼마 전부터 낯선 자 하나가 이곳에 머물고 있다던데요?”

“귀한 손님일 뿐이지.”

“그를 좀 만나봐도 되겠습니까?”

“밤이 이처럼 깊었는데 놀라지 않겠느냐?”

청년이 망설인다.

원도가 달래듯 말했다.

“내일 날이 밝으면 다시 찾아오는 게 좋을 듯하다. 귀한 손님을 놀라게 하는 건 예의에 벗어나는 일이거든.”

기세등등하게 찾아왔던 것과는 달리 원도의 완강함에 부딪치자 청년은 주저했다.

제가 찾는 사람이 정말 원도의 말대로 아무 관계가 없고, 이 절의 손님일 뿐이라면 큰 실례가 된다.

청년은 홧김에 일을 저질렀지만 이제는 뒷감당할 일을 걱정하는 게 분명했다.

눈앞의 산도둑같이 생긴 화상에 대해서 꺼려하는 바가 있는 것이다.

“스님의 말씀이 그러하시니 그렇다면 내일 날이 밝는 대로 다시 찾아오지요. 보중하십시오.”

청년이 정중히 포권하고 돌아서더니 동행해 온 자들과 함께 몸을 날려 어둠 속으로 사라졌다.

가볍고 표홀하기가 마치 바람을 타고 가는 것 같다.

"아미타불……."

원도가 그들이 사라진 어둠을 향해 합장하고 불호를 외웠다.

기둥 뒤의 어둠 속에 숨어서 지켜보던 도수백의 가슴이 쿵쾅거리고 뛰었다.

청년의 경공 신법을 본 탓이다.

'강호의 인물.'

저런 몸놀림은 오직 기요성에게서 보았을 뿐인데, 이곳에서 또 보게 되자 절로 흥분되었다.

'얼마나 센 놈일까?

그런 의문이 호승심을 불러일으켰다.

기요성만큼 센 놈이라면 한 번 붙어보고 싶다.

강호에는 고수들이 강가의 모래알처럼 많다고 하던 기요성이 말이 떠올랐다.

하지만 도수백은 실감하지 못했다.

기요성만 해도 깜짝깜짝 놀랄 만큼 대단한 솜씨를 보여주는데, 그런 자들이 셀 수 없이 많은 곳이 강호라니 미덥지 못했던 것이다.

기요성은 되도록 강호에 대해서 말하는 걸 아꼈다.

도수백이 조르고 졸라야 겨우 몇 마디 해주었는데, 그때마다 도수백은 코웃음을 쳤다.

지나친 과장이고 허풍이라고만 생각했던 것이다.

하지만 기요성의 고양이처럼 날렵한 운신과 아름답고 깨끗한 검법, 그의 밝은 눈과 귀에 대해서는 감탄하지 않을 수 없었다.

'저놈들도 화산파의 제자인가?

불쑥 엉뚱한 생각이 들었다.

기요성처럼 검을 지녔고 날렵한 몸놀림을 가진 자들이니 그렇다.

도수백은 기요성이 화산파의 제자라는 걸 알 뿐, 강호의 형편에 대해서는 깜깜한 편이었다.

기요성이 젊은 나이에 이미 강호의 노고수들을 앞질러 절정고수의 반열에 든 기이한 자라는 것도 알지 못한다.

강호에는 기요성 같은 성취를 이룬 자가 드물었으므로 그의 공부를 제대로 알아보는 자도 드물었다.

아무튼, 도수백은 그런 기요성에게서 강호에는 화산파 말고도 소림과 무당이라는 쟁쟁한 두 문파가 있다는 말을 겨우 들어 알 뿐이다.

"언제까지 거기서 그렇게 쥐새끼 놀음을 할 거냐?"

불쑥 들려오는 원도 화상의 걸걸한 음성.

도수백이 깜짝 놀라 본능적으로 몸을 기둥 안쪽에 더욱 붙였다.

"내일 아침까지는 오지 않을 거다. 그러니 안심하고 들어가서 짐이나 꾸려."

'어떻게?'

도수백은 어리둥절하고 있었다.

전장에 나가면 언제나 척후로 뽑혀 활동하던 그다.

실전에서 단련된 본능과 움직임은 뱀처럼 은밀하고 영악
했다.

그래서 적들은 바로 등 뒤에 그가 다가가도 모르고 있기 일
쑤였다.

마음먹으면 파수꾼이 조금도 눈치 채지 못하게 그의 발아
래를 기어갈 수도 있다.

도수백은 제가 어둠 속에 숨으면 누구도 찾지 못할 것이라
고 늘 자신하고 있었다.

그런데 저 괴화상이 대뜸 불러대니 당황할 수밖에 없다.

'내가 흥분해서 나도 모르게 기척을 냈던가 보다.'

그렇게 생각해 보지만 마음 한구석에 찜찜함이 남았다.

"정 잠이 오지 않으면 우리 산책이나 할까?"

원도 화상이 다시 부른다.

도수백이 혀를 차고 슬며시 몸을 드러냈다.

허리띠를 단단히 조이고 칼을 쥔 그의 모습을 본 원도가 빙
긋 웃었다.

"그러고 있으니 영락없는 날강도의 모습이로구나."

"어떻게 알았소?"

"그냥 알았다."

"그놈들도 알았소?"

"그놈들이야 부처님의 공덕을 개뿔도 모르지."

"아니, 내가 저기 숨어 있었다는 것 말이오."

"히히, 부처님의 천이통, 천안통을 모르는 놈들이니까 알 리가 없지."

"스님은 그들과 잘 아는 듯하던데, 대체 어떤 놈들입니까?"

"점창파의 제자들이다."

"점창파? 소림이나 무당, 화산파와 같은 거요?"

"잘 아는구나."

점창파는 운남제일의 무림 문파로서 강호의 수많은 방회, 방파 중에서도 단연 두드러져 당당히 구대문파에 꼽히고 있었다.

하지만 도수백은 그들의 그런 명성과 그에 따르는 위세가 어떤 건지 조금도 짐작하지 못했다.

"그렇군. 그놈들은 역시 강호의 고수였어."

도수백이 심각하게 말하자 워도가 피식 웃었다.

"고수는 무슨, 제 앞가림이나 할까 말까 한 놈들이지."

"응? 그들이 고수가 아니란 말이오?"

"고수가 뭔지나 아느냐?"

"……."

"흘흘, 모르고 사는 게 속 편하느니라. 그냥 살아라."

　도수백은 뒤통수를 맞은 듯한 충격을 느꼈다.

　원도 화상의 말투에서 비로소 짐작되는 바가 있었기 때문이다.

　"아니, 그럼 스님도 강호의 고수였소?"

　"흘흘, 그게 궁금하냐?"

　화상은 히죽히죽 웃을 뿐 부정하지 않았다.

　도수백은 믿어지지 않는다는 것과 함께 강한 호기심을 느꼈다.

　"그렇다면 보여주시오. 나는 아직 강호의 고수가 어떤 사람들인지 한 번도 보지 못했소."

　"네 칼이 잘 들겠지?"

　또 엉뚱한 소리다.

　도수백이 어리둥절해하자 원도가 히히 웃으며 제 손가락 한 개를 펴 보였다.

　"내 이 손가락을 두부 베듯 자를 수 있겠어?"

　"지금 농담하시오? 쳇, 재미없소이다."

　"이놈아, 고수가 어떤 인간인지 알고 싶다면서?"

　"……."

　"자, 그 칼을 뽑아서 잘라봐라. 이걸 자르면 내가 상을 주지."

　"……."

　"아주 귀하고 멋진 상을 주겠다. 그러니 어서 잘라봐."

하지만 도수백은 칼을 뽑을 수 없었다.

원도가 적이 아니기 때문이다.

"왜, 겁이 나는 게냐? 너는 칼을 가졌고 나는 맨손인데?"

원도가 충동질했다.

"목을 무 베듯 썽둥썽둥 베는 솜씨라고 하더구나. 그렇게 하기가 참 어려운 건데 말이야."

도법을 어지간히 수련한 자들도 칼을 휘둘러 단번에 사람의 목을 쳐내기란 쉽지 않다.

나무토막을 쳐서 자르기는 쉬워도 사람이나 짐승의 살과 뼈를 자르는 일은 어려운 법이다.

"네가 그렇게 했다는 게 정말이라면 그건 대단한 솜씨지. 강호의 고수라는 것들 못지않은 거야."

"나는 할 수 있소."

"그럼 내 손가락쯤은 아무것도 아니겠구나? 자, 어서 해보라니까."

"진심이시오? 후회하지 않겠소?"

"흘흘, 지금 네 솜씨를 보이지 않는다면 너야말로 후회하게 될걸?"

"좋소."

도수백이 한 걸음 물러섰다. 오른손이 어느새 칼자루에 닿아 있다.

그는 제 칼을 조금도 의심하지 않았다. 하지만 원도 화상에게 상처를 입히고 싶지도 않다.

'놀라게 해주면 될 거야.'

그렇게 작정한 순간, 훅! 하고 숨을 내뱉으며 칼을 뽑았다.

핑―

눈부시게 빠른 일격이다.

마치 도수백의 손에서 한 가닥의 뇌전이 뽑아져 나온 것 같았다.

그것이 세워 들고 있는 원도의 손가락으로 향한다.

뚝!

그런 소리가 들렸다.

원도가 눈을 부릅떴고, 도수백은 어금니를 굳게 물었다.

그렇게 빠르고 맹렬하게 뻗어나가던 칼이 원도의 손가락 앞에서 거짓말처럼 멎어 있었다.

닿을 듯 말 듯 실낱같은 사이를 두었다.

완력만으로 되는 일이 아니고, 의지만으로 되는 일이 아니었다.

그처럼 빠르고 맹렬한 칼을 원하는 곳에서 갑자기 멈출 수 있다는 건 아무나 흉내 낼 수 있는 일도 아니다.

"과연 대단하구나. 정말 대단해."

원도가 빙긋 웃으며 머리를 끄덕였다.

도수백의 눈길은 불을 뿜는 듯했다.

제 칼이 무섭게 쳐오건만 화상이 나무토막이라도 된 듯 여전히 손가락을 꼿꼿하게 세워 든 채 조금도 움찔거리지 않았기 때문이다.

배짱이라면 그런 배짱을 가진 자가 또 없을 것이다.

그게 도수백을 질리게 했다.

"하지만 내 손가락을 자르지는 못했군. 그런 새가슴으로 어떻게 여태까지 살아남을 수 있었는지 모르겠다. 무서워서 닭 모가지나 제대로 비틀겠어?"

"무엇이?"

원도의 빈정거림에 도수백이 발끈했다.

오기가 생긴다.

'네가 정말 손가락이 잘라져도 그렇게 태연할 수 있는지 어디 보자.'

그런 마음이 되어서 천천히 칼을 물리고 다시 겨누었다.

원도는 여전히 빙글빙글 웃고 있을 뿐이다.

"이얏!"

도수백이 날카로운 기합성으로 상대의 의지를 제압하며 다시 일격을 날렸다.

피잉―

이번에는 다르다.

손가락이 아니라 목을 쳐버릴 듯했다.

하지만 도수백은 여전히 원도의 손가락을 자르지 못했다.

"억!"

그가 놀람의 외침을 터뜨리고 눈을 부릅떴다.

칼이 더 나아가지 못했기 때문이다.

단단한 바위틈에 꽉 끼고 만 것처럼 요지부동이었다.

도수백은 제 눈을 믿을 수 없었다.

원도가 두 개의 손가락만으로 예리한 칼날을 꽉 끼워 잡았기 때문이다.

새파랗게 날 선 칼이 강철의 집게에 잡힌 것처럼 꼼짝하지 못했다.

"이익!"

도수백이 힘껏 칼을 비틀었다.

그대로 원도의 두 손가락을 한꺼번에 잘라 버리려는 것이다.

하지만 이마에 핏대가 설 만큼 힘을 주어도 칼은 여전히 요지부동이었다.

지잉—

부러질 듯 부르르 떨리는 칼.

그것이 비틀어대는 도수백의 손아귀 힘을 이기지 못하고 울었다.

도수백의 이마에 땀방울마저 맺히건만 원도는 태연했다. 다른 손으로 제 콧구멍을 후비기까지 한다.

"제기랄!"

견디지 못한 도수백이 칼을 버리고 훌쩍 뛰어서 물러섰다.

"이건 요술이야! 당신은 이제 보니 요술을 부리는 요악한 땡초였군!"

화가 나서 소리치지만 원도는 멀뚱멀뚱 바라보기만 했다.

"그것 봐라. 내 손가락 하나 베지 못하잖아?"

"다시 해보겠소! 이번에는 목이오!"

수치심이 화로 변했다.

도수백이 사납게 소리치자 원도가 빙긋 웃고 칼을 돌려주었다.

"못한다면?"

"한다면?"

"그럼 뭐, 나는 즉시 성불하겠지. 네가 이 빌어먹을 절간을 꿰차고 앉아서 주지 노릇을 해라. 하지만 못한다면 어떻게 할 테냐?"

"가만히 서 있는 땡중의 목 하나 치지 못하는 이까짓 칼은 필요없으니 던져 버리고 다시는 잡지 않겠소!"

"흘흘, 그럴 필요까지는 없다."

"그럼 뭘 원하는지 말해보시오."

"나는 꼼짝하지 않고 가만히 있겠다. 손가락으로 붙잡지도 않겠어. 너는 그냥 칼을 휘둘러서 내 목을 치면 돼. 그러니 정말 쉬운 일이지?"

"원하는 거나 말해보시오."

"히히, 그런데도 네가 내 목을 치지 못한다면 너는 산을 내

려갈 자격이 없는 거야. 그냥 여기서 내 종 노릇이나 하면서
사는 거다. 어때?"

"후회하지 않을 거지?"

"히히, 또 그 소리. 약속할 건지 말 건지 그거나 결정해라."

"좋소!"

도수백이 잔뜩 화가 나서 소리쳤다.

모욕도 이런 지독한 모욕은 없다.

하지만 정말 저 땡중이 요술을 부려서 조금 전처럼 멀쩡하
게 버틴다면 그때는…….

'그럴 리는 없다!'

도수백은 독한 마음을 먹었다.

중의 목을 쳐서 제 칼을 증명하고, 떳떳하게 산을 내려가
하고 싶은 걸 하며 사는 거다.

"조심하시오!"

엄중하게 경고를 한 도수백이 칼에 잔뜩 힘을 실었다.

'단번에!'

그런 결심을 새롭게 한 순간,

핑―

그의 칼이 그 어느 때보다 격렬하고 빠르게 허공을 갈랐다.

사람이 아니라 말의 목이라 해도 잘라 버리고 말 듯한 일격
이다.

뚝!

하지만 도수백의 칼은 여전히 허공에 머물고 말았다.

"왜?"

원도 화상이 눈을 가늘게 뜨고 묻지만 도수백은 대답하지 못했다.

어찌나 입술을 악물었던지 선혈마저 내비친다.

칼을 쥔 그의 손이 부들부들 경련을 일으켰다.

원도는 목을 길게 빼고 서 있었는데, 그 목덜미에 칼날이 아슬아슬하게 닿아 있었다.

그것뿐이다.

"왜 마지막 순간에 마음을 바꾸었느냐?"

싸늘한 칼날을 목덜미에 붙인 채 원도가 태연하게 물었다.

도수백은 제가 한 일을 후회했다.

그대로 원도의 목을 쳐버렸어야 하는 건데 그랬다는 생각과, 그래도 아무 상관 없는 중을 무자비하게 죽일 수는 없다는 생각이 충돌한다.

독하게 마음을 먹고 칼을 휘둘렀지만, 그것이 원도의 목덜미에 닿는 순간 그는 온 힘을 다해서 뚝 멈출 수밖에 없었다.

원도가 조금이라도 피하려는 몸짓을 보였다면 그대로 베어버렸을지도 모른다.

그런데 화상은 아무것도 보지 못하고 느끼지 못하는 것처럼 천연덕스럽게 서 있기만 했다.

그래서 도수백은 더 이상 칼을 휘두를 수 없었다.

"히히, 그것 봐라. 내 목을 베지 못했지?"

원도가 제 목덜미에 닿아 부르르 떨고 있는 칼을 손가락으로 툭툭 두드리며 이죽거렸다.

"으으음—"

도수백의 얼굴이 보기 흉하게 일그러졌다.

천천히 칼을 거둔다.

어찌 되었든 화상의 말처럼 끝내 목을 베지 못한 것이다.

약속에서 졌다는 걸 시인하지 않을 수 없다.

"졌소."

일그러진 그의 얼굴을 물끄러미 바라보던 원도가 합장을 했다.

여태까지 놀리고 비웃던 원도는 어디로 가고 장엄한 불제자가 거기 서 있었다.

"아미타불……. 선재로다, 선재야……."

몇 번 더 불호를 왼 원도의 얼굴이 환하게 밝아졌다.

도수백을 바라보는 눈길에 따뜻한 정감이 어린다.

*　　　*　　　*

다음날 아침, 날이 밝기 무섭게 점창파의 세 제자가 다시 찾아왔다.

"귀인은 멀리 떠나고 지금은 멍청한 종 하나가 있을 뿐이다."

원도의 천연덕스런 말에 청년들이 잔뜩 눈살을 찌푸렸지만 대놓고 발광하지는 못했다.

이 보잘것없는 절을 홀로 지키고 있는 괴상한 중에 대해서 무슨 까닭인지 사부가 어려워하고 공경하는 걸 알기 때문이다.

점창파의 장문인이자 청년들의 사부인 사일검협(斜日劍俠) 편옥수(便玉樹)는 '나를 대하듯 그를 대해라'라고 모든 제자들에게 말했을 뿐, 그 이유에 대해서는 입을 꾹 다물었다.

때문에 점창파의 제자들은 원도를 꺼려하지만 그 내막을 알지는 못했다.

잠시 생각하던 청년이 다시 말했다.

"그럼 그 종을 한 번 볼 수는 있겠지요?"

"멍청한 종을 봐서 뭐 하게?"

"그냥 얼굴만 보면 됩니다."

"그런 청이라면 거절하기 어렵군."

그리고 원도는 소리쳐 종을 불러냈는데, 도수백이었다.

그는 하룻밤 사이에 몰라보게 달라져 있었다.

얼굴에 숯검댕이가 잔뜩 묻어 있고, 부스스한 머리카락이 불에 그슬려 꼬불꼬불해져 있다.

백 군데도 더 기운 듯한 낡은 잿빛 승복을 대충 입었는데, 큼직한 그의 체구에 비해 옷이 터무니없이 작아서 팔다리가 훤히 드러나 있었다.

막 불을 때다가 급히 달려나온 꼴이다.

눈살을 찌푸리고 그를 바라보던 청년 검사가 물었다.

"네가 도수백이라는 자지?"

"……."

"대리 부중에 벌써 너에 대한 소문이 쫙 퍼졌다. 거짓말할 생각은 마라."

마치 제 종을 나무라듯이 거만하고 도도하다.

하지만 도수백은 한마디도 하지 않았다.

고개를 약간 숙인 채 공손히 두 손을 모으고 서서 눈만 멀뚱거리고 있다.

"보름 전에 중이도에 가지 않았단 말이냐? 왜 말을 못해!"

청년의 어조가 점점 날카로워졌다.

하지만 도수백은 여전히 한마디도 하지 않는다.

숯검댕이 때문에 얼굴에 무슨 표정이 떠올랐는지조차 알아볼 수 없었다.

"왕 대인을 죽이고 부중에서 상금을 타간 그놈이 바로 너지?"

"……."

"네가 말을 하지 않는다면 시인하는 것과 마찬가지다."

으르렁대지만 도수백은 벙어리가 되기라도 한 것처럼 입을 꾹 다물고 있었다.

"아니라고 말하지 못하는 걸 보니 그놈이 틀림없는 게로군. 개 같은 놈!"

청년이 놀림당하고 있다는 분노로 이를 부드득 갈았다. 그러나 도수백의 입은 여전히 꾹 닫혀 있기만 할 뿐 좀체 열리지 않았다.

"좋다. 네놈을 죽여서 왕 대인의 억울한 죽음에 대한 복수를 하겠다."

청년이 손을 머리 위로 올려 등에 지고 있던 검자루를 잡았다.

"잠깐만!"

그러자 그때까지 가만히 보고만 있던 원도 화상이 급히 소리치고 나섰다.

"이게 무슨 짓이냐? 얼굴만 보겠다고 하더니 허락도 없이 내 종을 죽이겠다는 거냐?"

"스님, 저놈은 백 번 죽어 마땅한 놈입니다. 스님도 아시지 않습니까? 저놈이 바로 왕 대인을 죽인 그놈이란 말입니다!"

이제는 청년도 지지 않고 소리쳤다.

"쯧쯧, 미련한 놈. 편 장문께서 무슨 생각으로 너 같은 놈을 제자로 받아들인 건지 정말 알 수 없다."

"스님!"

지독한 원도의 말에 청년이 낯빛마저 싸늘하게 변한 채 소리쳤다.

"좋다. 내 종이 네가 찾는 그자라는 걸 입증해 보여라. 그렇지 못하면 내가 몸소 편 장문에게 찾아가 오늘 일을 따질 것이다.”

“씻겨라!”

원도의 말이 떨어지기가 무섭게 청년이 분풀이를 하듯 두 사제에게 버럭 소리쳤다. 오기가 생긴 것이다.

곱상하게 생긴 한 청년이 손수건을 꺼내 들고 와 도수백의 얼굴에 묻어 있는 숯검댕이를 대충 닦아냈다.

우락부락하고 시커먼 얼굴이 드러났다.

하지만 말끔히 면도를 했고, 눈썹마저 남김없이 밀어낸 데다가 엉망으로 헝클어진 머리카락이 불에 그슬려 곱슬거리니 전혀 다른 사람 같았다.

게다가 그는 한마디도 하지 않았다.

청년이 눈을 부릅뜨지만 도수백을 직접 본 적이 없는 터라 확신할 수 없었다.

대리 부중에서 들은 말과 눈앞에 있는 자의 용모가 많이 다르니 점점 자신이 없어진다.

마음속에 의문이야 있었지만 원도 화상에게 시시콜콜 따져 물어볼 수도 없었다.

끄응, 하고 된 숨을 내쉰 청년이 달래듯 말했다.

“너는 이 일대에서 보지 못하던 자다. 어디에서 왔으며 왜 여기까지 왔는지, 무엇 때문에 이 낡은 절의 종이 되었는지 말해봐라.”

“…….”

“벙어리냐?”

“…….”

“흘흘, 이제야 눈치 채다니 너도 참 아둔한 놈이다. 저 종놈은 말을 할 수 없어.”

원도의 말에 청년이 당혹스런 얼굴을 하고 물었다.

“정말 벙어리란 말입니까?”

“보면 모르겠어? 한마디도 말을 할 수 없다니까 그러는구나.”

그렇다면 잘못 짚어도 단단히 잘못 짚은 거다.

대리의 망나니들과 함께 중이도에 갔던 그자는 벙어리가 아니라고 알고 있었기 때문이다.

청년이 얼굴을 찌푸렸다.

하지만 마음속에 드는 의문은 여전히 남았다. 아니, 더 짙어졌다.

원도가 한사코 감싸고도니 그렇다.

도수백에게 더 가까이 다가가 그가 은근한 음성으로 물었다.

“너는 정말 벙어리란 말이냐?”

대답이 있을 리 없다.

“그렇다면 내가 크게 실례를 했군. 사과하지 않을 수 없지.”

청년이 슬며시 손을 뻗어 도수백의 팔을 움켜쥐었다.

지켜보던 원도의 굵은 눈썹이 꿈틀했지만 무슨 생각이 들었던지 그는 청년의 행동을 말리지 않고 바라보기만 했다.

도수백의 굳은살투성이인 투박한 손을 잡은 순간 청년은 깜짝 놀랐다. 손바닥을 통해 가득 전해져 오는 뜨거운 기운 때문이었다.

그건 도수백의 강한 기운이었고, 억눌러 참고 있는 분노이기도 했다.

'이놈이?'

그걸 느낀 청년에게 불끈 오기가 생겼다.

그가 슬그머니 도수백의 완맥에 손가락을 걸더니 내력을 끌어올려 지그시 눌렀다.

도수백의 얼굴이 일그러지기 시작했다.

잠깐의 시간이 지났을 뿐인데 굵은 땀방울이 뚝뚝 떨어지고, 얼굴이 불에 달구어진 것처럼 붉게 변했다.

완맥에서부터 시작된 고통이 온몸으로 퍼져 나가 견디기 힘들었다.

커다란 바위에 짓눌려 뼈가 살과 함께 으깨지는 것만 같다.

그 고통이 심장을 멎게 하고 가슴을 터뜨릴 것 같았지만 도수백은 이를 악물고 참았다.

비명을 터뜨리거나 신음을 흘리는 건 이놈에게 지는 거라는 오기 때문이다.

청년도 약이 바짝 올랐다.

그가 내력을 더욱 끌어올려 완맥을 눌렀다. 그러자 고통이 배가되었다. 견딜 수 없다.

차라리 한주먹에 때려죽여 주었으면 고마울 것 같은 그런 순간이 지루하게 흘러갔다.

촌각이 억겁인 것처럼 느껴지는 지독한 시간이다.

하지만 도수백은 부서지도록 어금니를 악물고 버텼다. 한 마디의 신음성도 흘리지 않는다.

"휴—"

어쩔 수 없다는 듯 청년이 손을 놓았다.

그 순간 고통이 거짓말처럼 사라졌다.

도수백은 현기증에 비틀거렸지만 쓰러지지는 않았다.

이를 악물고 악착같이 버티는 그의 두 눈에 흉광이 이글거렸다.

"실례했소."

그런 도수백에게 포권한 청년이 원도 화상에게 머리를 숙여 보이고는 신경질적으로 돌아섰다.

"잘 참았다. 대단한 인내심이었어. 그 철부지 애송이 놈이 깜짝 놀랐을걸?"

"……."

원도의 위안에도 도수백은 입을 꾹 다문 채 말을 하지 않는다.

원도가 껄껄 웃고 어깨를 두드려 주었다.

"하하하, 그렇지. 사내라면 그렇게 독한 마음이 있어야지. 잊지 말아라, 반년이다."

원도는 도수백에게 반년 동안 묵언정진(默言精進)하도록 명했던 것이다.

종이 되기로 약속했으므로 도수백은 그의 명령에 따르지 않을 수 없었다.

그가 사납게 원도를 노려보고는 홱 돌아서서 부엌으로 돌아갔다.

"인연이로고, 인연이야. 나무아미타불……."

멀어지는 도수백의 바윗덩이 같은 등을 물끄러미 바라보던 원도가 그렇게 중얼거리고 합장했다.

魔風俠星
第十章
소류신공(逍流神功)이라는 것

두달.

그동안 도수백을 지켜보던 원도는 갑자기 삭발을 해주마고 했다.

도수백이 중은 되고 싶지 않다고 눈으로 항변하자 히히 웃으며 말한다.

"그냥 시늉만 해도 삼세의 공덕을 쌓는 게 되느니라. 머리 깎는 게 어디 보통 일인 줄 아느냐? 나도 네놈이 부처님이 되길 바라지는 않아. 너 같은 놈이 불국토에 들어갔다가는 온통 아수라장이 되고 말 테니 말이다. 쯧쯧, 덜떨어진 손오공 같은 놈."

도수백이 흰창이 드러나도록 흘겨보지만 원도는 아랑곳하지 않고 삭도를 꺼내 들었다.

"절간에 있으면 중 흉내라도 내고 있어야지, 그렇게 봉두난발한 꼴로 있어봐라. 모처럼 찾아온 시주님들이 놀라서 달아나지 않겠어? 어여 머리통 내밀어라. 매끈매끈하게 아주 잘 밀어주마. 히히—"

승낙하고 말고 할 것도 없다.

원도가 솥뚜껑 같은 손으로 덥석 도수백의 머리통을 움켜쥐더니 그냥 삭도를 갖다 댔다.

분한 마음이 정수리에 치받치지만 도수백은 어쩔 수 없이 제 머리통을 맡길 수밖에 없었다.

말 못하는 벙어리 종의 신분 아니던가.

가을의 따뜻한 햇볕이 가득한 승방 앞뜰이다.

커다란 몸집의 거칠게 생긴 더벅머리 사내가 쪼그려 앉아 있고, 그만큼 크고 더 우락부락하게 생긴 중년의 중이 부지런히 삭도를 밀어대고 있다.

도수백은 불만으로 볼을 잔뜩 부풀린 채 머리를 깎으며 비로소 제가 아무 생각 없이 죽인 왕윤춘이 어떤 사람인지 알았다.

묻지도 않았건만 원도 화상이 주절주절 남의 말 하듯 이야기해 주었기 때문이다.

그의 수급을 들고 중이도를 떠날 때 어렴풋이 짐작은 했던 일이다.

하지만 이처럼 그에 대해서 자세히 듣게 되자 더욱 그때의 일이 후회되었다.

북경의 고관대작 중에 그와 같은 사람이 있다는 게 의아하게 여겨질 정도로 왕윤춘은 황제와 황실에 대한 충성심이 지극했고, 백성들의 고충을 가슴 아파하는 대신이었다.

황제 곁에서 황제를 속이고 온갖 악행을 저지르는 도사 왕금 일당을 처단하기 위해 일어섰다가 뜻을 펴지도 못하고 꺾였다.

지금은 악의 세력이 득세할 때이니 정의는 숨죽이고 있어야 할 때라는 원도 화상의 말이 의미심장했다.

"세상의 모든 이치는 순환하는 법. 기다리고 있노라면 악의 세력이 스스로 쇠해질 것이니 그때 정의는 다시 살아나느니라."

도수백의 마음속에는 불만이 가득했다.

대체 그때가 언제란 말인가. 백 년, 천 년 뒤라면 무슨 소용이 있나.

"이놈아, 산문의 천왕이 괜히 눈을 부라리고 서 있는 줄 아느냐? 세상이 마귀들로 득실거리면 부처님께서는 바로 그 사천왕을 내려 보내 일거에 그것들을 쓸어버리시느니라. 그때가 머지않았어. 부처님은 무서우면서 자비로우신 분이야. 마귀에게는 천왕을, 고통받는 민초들에게는 보살을 내려 보내

신다. 커흠.”

　말이야 그럴듯했지만 도수백에게는 개 짖는 소리나 다름없었다.

　부처님이 모든 걸 해주기 바라며 하늘만 바라보고 있다면 벌린 입에 새똥밖에 더 떨어질 것인가.

　사천왕은 언제 오며, 보살은 어디에 있단 말이냐.

　도수백은 ‘어디, 내 눈앞에 한번 보여봐!’ 하고 소리치고 싶었지만 꾹 참았다.

　원도가 다시 말했다.

　“그러나 모두 세상의 일. 그곳을 떠나 불국토에 들어 있는 우리 같은 사람에게야 짐승들의 지저분함과 다름없느니라.”

　“……”

　“민초?”

　“……”

　“그렇지. 민초들의 삶에 대한 안타까움이야 부처님이라고 다르겠느냐? 그래서 불법을 베푸는 거고, 보살을 내려 보내시는 거지.”

　“……”

　“또 뭐?”

　도수백은 굳게 입을 다물고 있었다. 귀는 활짝 열어두었지만 입은 없는 것이라고 생각하고 산다.

　하지만 원도는 그런 도수백의 마음속에 있는 의문들을 차

레차레 읽었고, 일일이 대답해 주었다.

"흘흘, 민초들을 가엾이 여긴다면 왜 손을 놓고 있느냐고?"

"……."

"이 어리석은 놈아, 나라 일이라는 게 무슨 왕 서방네 부엌살림 같은 줄 아느냐? 보살도 나라의 가난은 구제할 수 없거늘 하물며 나 같은 땡초가 뭘 어떻게 할 수 있겠어? 그저 부처님이 자비를 베푸사 하루빨리 이 땅에 불국토를 이루시길 간절히 바라면서 지극정성으로 불공을 드릴 수밖에. 자, 이제 다 됐다. 어이구, 인물이 아주 훤해졌구먼. 잘생긴 두상이야. 흘흘—"

도수백은 손을 들어 제 머리통을 쓰다듬어 보았다. 물 칠해놓은 찰흙처럼 매끈거린다.

발아래 수북하게 떨어져 있는 긴 머리카락들.

그게 제 속세의 때이고, 제 업장의 파편이라고 생각했다.

매끈거리는 이 머리통처럼 마음에 밝은 거울 하나를 담아두고 나를 비처 보리라고 다짐한다.

말을 하지 않는다는 게 그처럼 고통스럽다는 걸 처음 경험한 두 달이었다.

하지만 지금은 오히려 편했다.

"말이란 업장을 드러내는 비수 같은 거다. 그걸 없애봐. 네 지독한 업장도 따라서 없어질 거다. 산사의 돌중들이 달리 묵언정진을 하는 줄 아느냐? 다 제 업장이 무섭고 두렵기 때문이야. 나? 나야 업장이라는 게 없는 순결하고 고귀한 몸이니 묵언정진이 필요없지. 부처님이 묵언수행했다는 말 들어봤냐? 그러니 너나 열심히 해. 커흠."

처음에는 그렇게 말하는 원도 화상이 죽이고 싶도록 미웠다.

마음이 약해져서 그의 목을 쳐버리지 못한 자신에 대해서 원망하기도 했다.

하지만 그로부터 두 달이 지난 지금 도수백은 그런 일들을 오히려 고맙게 여기고 있었다.

말은 잊었다. 스스로 그렇게 되었다.

내가 처음부터 말을 할 줄 몰랐던 건 아닐까 하는 생각이 들 지경이다.

말을 하지 않고 산다는 게 이렇게 평온할 줄 몰랐다.

산중의 고요함이 말을 할 때보다 열 배는 더 깊고 아늑해진다.

그 속에 우두커니 앉아 바람 소리를 듣고, 새소리를 듣고, 개울물 졸졸거리며 흘러가는 소리와 작은 짐승이 나뭇잎 바스락거리는 소리를 듣는다.

그거면 충분했다.

말이라는 것은 이 세상에서 아주 사라져 버리는 게 좋을지도 모른다는 생각마저 들었다.

말을 잊어가는 대신 마음에 아늑한 평화가 찾아왔다.

원도의 말처럼 말이 제 업장을 싣고 떠나간 건지도 모른다.

그런 무료하고 나른한 평화 속에서 도수백은 비로소 제 자신에 대하여 진지하게 생각해 볼 수 있었다.

그건 여태까지 가져 보지 못했던 새롭고 경이로운 경험이었다.

돌이켜 보면 철들 무렵부터 지금까지 악귀처럼 모질게만 살아온 제 인생이었다.

수많은 싸움터를 오갔고, 수많은 왜구를 베었으며, 수많은 욕을 지껄여 댔다.

짐승이라고 여겼던, 그래서 나는 사람을 죽인 게 아니라고 믿었던 그 왜구들.

그놈들에게 모든 걸 약탈당하고 참혹하게 죽어간 수많은 백성들의 고통과 원망이 가슴에 느껴졌다.

그건 적개심을 불태우며 싸울 때는 느끼지 못한 아픔이었다.

'이런 것이 감정이라는 건가?

그런 생각이 들면서 도수백은 저의 변화가 신기하고 두렵기도 했다.

민초들을 생각할 때면 가슴 아리도록 느껴지는 그들의 원망과 고통.

그것에 깊이 빠져드노라면 저도 모르게 뜨거운 눈물이 주르륵 흘렀다.

그러면 도수백은 어설픈 손짓으로 합장을 하고 나무아미타불을 외웠다.

불공을 드리고 독경을 할 때 원도의 모습이 왜 그렇게 장엄해지고, 그의 목청이 왜 그렇게 간절해지는 건지 비로소 이해가 될 듯도 했다.

억지로 행한 두 달의 묵언수행이 가져다준 변화라면 너무나 큰 변화였다.

원도마저도 그렇게 빨리 변하는 도수백을 보며 제 눈을 비비고 입을 딱 벌릴 만큼 놀라워했다.

석 달째가 되었다.

도수백은 이제 완연하게 중으로서의 틀이 잡혀갔다. 누가 시켜서 된 일이 아니었다.

이제는 원도가 시키지 않아도 제 스스로 아침 예불에 꼬박꼬박 나왔고, 독경하는 원도 곁에 무릎 꿇고 앉아 가만히 그 소리를 들었다.

도수백도 어느덧 장엄한 원도의 모습을 닮아가고 있었다. 그래서 불당 안에 있는 동안만큼은 그 두 사람에게는 차이가 없었다.

하지만 불당을 나오면 확 두드러진다.

원도가 히히 웃고 낄낄거리며 미친놈처럼 설렁대는 데 비해 도수백은 여전히 고요하고 장중했던 것이다.

그런 도수백이 덕이 깊은 고승이고 원도는 영락없는 땡중으로 보였다.

법화사에 불도 깊은 젊은 스님이 새로 왔다는 소문이 산 아래에 널리 퍼졌는지 신도들이 하나둘 발걸음을 하기 시작했다.

날로 불어난다.

처음부터 원도 화상을 알았던 자들은 물론, 처음 법화사의 산문을 넘어 들어온 자들도 모두 도수백을 더 공경하고 그에게 치성을 드려달라고 부탁했다.

다시 한 달이 지났다. 강제로 묵언수행을 시작한 지 넉 달째에 접어든 것이다.

어느덧 겨울이었다.

"내려가고 싶으냐?"

저녁 식사를 끝내고 함께 차를 마시는 중에 원도가 불쑥 물었다.

도수백이 의아한 눈길을 던진다.

"네 의지가 이처럼 대단하고, 네 뉘우침이 이처럼 빠르니 육 개월까지 있을 필요가 없겠다."

'하지만 나는 약속을 했소.'

육 개월 동안 묵언수행하기로 한 것을 눈으로 말한다.

원도가 빙긋 웃었다.

"그놈 참, 고집 하고는……."

도수백도 빙긋 웃어주는 걸로 말을 대신했다.

"그나저나 지겹고 심심하지 않던?"

단조로운 산사의 생활이라는 게 속인에게는 견딜 수 없이 무료한 일이기도 하다.

외딴 섬에 홀로 있는 것과 같으니 그렇다.

"흘흘, 어떠냐? 묵언수행이 그만한 성과를 거두었으니 이제부터는 다른 수행을 한번 해보지 않겠느냐?"

"……?"

"네 정신이 비로소 튼튼해졌으니 몸도 튼튼해져야겠지?"

도수백은 의아해졌다.

제 몸뚱이가 무쇠처럼 단단하고 건강하다는 걸 누구보다 잘 안다. 그런데 또 뭘 튼튼하게 할 필요가 있단 말인가?

도수백의 마음을 훤히 들여다본 원도가 정색을 하고 말했다.

"겉만 돌덩이 같으면 뭐 하누? 너는 저 바위가 단단하다고 생각하느냐? 어때? 네 칼이 단단하겠어, 저 바위가 단단하겠어?"

두말할 것 없이 바윗돌이 단단하다.

커다란 항아리를 서너 개 포개놓은 듯한 바위를 어찌 칼로 쪼갤 수 있을 것인가.

"다 틀렸다. 저 바위는 썩었어. 겉으로만 멀쩡해 보일 뿐이지. 네 몸뚱이처럼 말이다."

"……?"

이해할 수 없는 말이다. 바위가 썩다니?

어리둥절하던 도수백이 빙긋 웃었다.

이 스님이 또 헛소리를 지껄일 시간이 된 모양이구나 싶었던 것이다.

"왜? 이 부처님 말이 안 믿어져? 그럼 보여주마."

원도가 다짜고짜 도수백을 끌고 밖으로 나갔다.

바위 앞에 서서 잔뜩 눈살을 찌푸리고 고개를 갸웃거린다.

"쯧쯧, 천만 년을 이렇게 비바람을 맞고 서 있었으니 어찌 썩어서 물렁거리지 않을 수 있으리오."

그것을 쓰다듬으며 안타깝고 불쌍하다는 듯 중얼거리는 것이 제정신을 가진 사람 같지 않았다.

도수백이 팔짱을 끼고 서서 한심하다는 얼굴로 바라보지만 원도는 개의치 않았다.

"왜? 내 말이 영 미덥지 못해? 그럼 두 눈 크게 뜨고 똑똑히 봐라."

불쑥 오른손을 내밀더니 천천히 바위를 누른다.

도수백은 기가 막혔다. 대체 저게 무슨 미친 짓인가 싶다.

그러나 원도의 낯빛은 엄숙하기까지 했다. 한곳에 정신을 집중하는 게 역력하다.

고개를 갸웃거린 도수백이 다시 바위를 보았다.

"억!"

그의 입에서 처음으로 놀란 외침이 터져 나왔다.

원도의 손바닥이 마치 무른 진흙을 누르듯이 단단한 바위 속으로 천천히 빠져 들어가고 있었던 것이다.

그그그궁—

바위가 고통스런 신음을 흘리며 진동했다.

도수백은 제 눈을 마구 비볐다.

내가 지금 헛것을 보고 있는 거라고, 이건 꿈이라고 여기면서도 두 눈은 원도의 손바닥과 바위에서 떨어질 줄 몰랐다.

고운 모래처럼 되어버린 돌가루가 우수수 떨어져 쌓이고, 원도의 손바닥은 손목 어림까지 바위 속으로 들어갔다.

살과 뼈로 된 손바닥이 세 치 가까이나 바위를 파고들어 간 것이다.

원도가 비로소 손바닥을 뗐다. 붉게 달아오른 이마에 송골송골 땀방울이 맺혀 있다.

바위에는 그의 손바닥 자국이 뚜렷하게 새겨져 있었다. 마치 훌륭한 장인이 조각해 놓은 것 같았다.

"봤느냐? 이제는 내 말을 믿겠지? 이놈이 썩어서 푸석거리지 않는다면 내가 어떻게 이렇게 할 수 있겠어?"

도수백은 바위를 만져 보았다.

차갑고 단단하다.

원도의 손바닥 자국 위에 제 손을 올려놓아 보았다.

역시 차갑고 단단한 바위일 뿐이다.

그런데 어떻게 진흙을 누르듯이 할 수 있단 말인가?

이건 요술이 분명하다고 생각했다.

원도는 요술로 사람의 눈을 현혹하는 재주를 가진 게 틀림없다.

그렇게 믿는 눈으로 노려보자 원도가 이마의 땀을 훔치며 피식 웃었다.

"너도 해보지 그러냐?"

도수백이 머리를 설레설레 저었다.

'이게 고수의 진면목이라는 건가?'

놀람과 불신 뒤에 그런 생각이 찾아들었다.

넉 달 전, 원도가 자신의 칼을 손가락 두 개로 꽉 붙들었을 때 도수백은 그가 고수라는 걸 짐작했었다.

지금은 확신하게 된다.

'강호의 고수라는 자들은 이해할 수 없는 힘을 가졌고, 사람이 할 수 없는 일을 해낸다더니 헛말이 아니었군.'

기요성에게서 그 말을 들었을 때는 '이놈이 웬 허풍을 이리 치누?' 하고 웃어주기만 했었다.

하지만 지금은 그 말이 절실하게 와 닿았다.

기요성은, 내공의 고수들은 손으로 바위를 부수고 나무를 쳐서 겉은 그대로 두고 속만 가루로 만든다는 말도 했다.

음기가 지독한 면장(綿掌)을 익힌 고수가 단풍나무를 때리면 아무 일도 없는 것 같지만 이듬해 단풍을 보지 못한다고도 했다.

　무성하던 잎이 날마다 시들시들하게 마르다가 결국 고사(枯死)한다는 것이다.

　도수백은 기가 막혔다.

　"너도 할 수 있어? 그럼 어디 보여봐라."

　그렇게 따지자 기요성이 빙그레 웃었다.

　"나는 내공의 고수가 아니거든."

　"쳇, 빌어먹을 놈."

　끝까지 헛소리로 저를 놀린다는 생각에 화가 났다. 그래서 잔뜩 흘겨주고 그 자리를 떠나고 말았었다.

　그런데 원도가 지금 그렇게 해 보였다.

　도수백은 기요성에게서 들었던 그 믿을 수 없는 말들에 대해서 다시 생각해 보지 않을 수 없었다.

　정말 강호의 고수라는 자들이 그와 같이 불가사의한 능력을 지니고 있다면 내 칼쯤은 어린애 장난이나 다를 것 없다는 생각에 낙심하기도 한다.

　불사귀라고 불리며 사납고 무시무시한 칼로 이름을 떨쳤던 것도 전장에서의 일일 뿐이다.

　강호에서, 그것도 고수들의 세계에서는 철부지가 부지깽이를 휘두르는 것과 다름없지 않겠는가.

　"왜? 너도 이런 재간을 가지고 싶어진 게냐?"

도수백의 마음을 읽은 원도가 넌지시 물었다.

그를 바라보는 도수백의 눈동자에 갈등이 어린다.

원도가 한숨을 쉬고 머리를 가로저었다.

"그런데 너무 늦었다."

"……?"

"이런 건 상승의 내공을 끌어올려 그것을 어떻게 운용하느냐에 따라 달라지거든. 그러니 이와 같은 금강수를 익히자면 먼저 정종내공심법을 배워 높은 경지에 올라야 한다."

'그게 어려운 일이오?'

"그러자면 아직 탁기(濁氣)가 축적되지 않은 어린아이일 때부터 쉬지 않고 수련해야 하거든. 그렇게 해서 삼십 년을 꾸준히 공력을 쌓으면 겨우 고수의 흉내를 낼 수 있게 되지. 오십 년 동안 공을 들여야 비로소 고수 소리를 듣게 되느니라."

'쳇, 삼십 년? 오십 년이라고? 앓느니 죽겠소.'

"내 말이 바로 그거야. 지금 네 몸뚱이는 똥이 가득 든 항아리 같다. 탁기가 첩첩이 쌓여 있지. 그 몸뚱이로는 삼십 년이 아니라 삼백 년을 수련해도 맑고 정심한 내공을 기를 수 없어."

지독한 비유에 도수백이 눈살을 찌푸렸다.

"그렇지 않다고 해도 삼십 년 동안 꼼짝하지 않고 내공 수련을 한다면 네놈은 늙은이가 되어 있겠지? 그래서야 무슨 재미가 있겠느냐. 안 그래?"

'그만두시오. 배우지 않겠소.'

"흘흘, 그놈 성질머리 하고는……."

원도 화상이 재미있다는 듯 웃었다.

도수백은 눈으로 제 마음을 전하고 원도 화상은 그걸 귀신같이 읽었다.

불가의 오신통(五神通) 중 남의 마음을 꿰뚫어 본다는 타심통(他心通)에 능숙해져 있는 건지도 모른다.

원도 화상이 다시 말했다.

"네놈에게는 누구보다 지독한 독기가 있고 심성이 있다. 그것이 네놈의 근기(根基)가 되어 있으니 내공 수련을 하지 않아도 넘치는 힘을 가지고 있다고 해야겠지. 어쩌면 그것이 야말로 네놈이 이날까지 저도 모르게 쌓아온 네놈만의 내공일지도 몰라."

'아무리 그래도 화상처럼 그것을 뽑아 쓸 수가 없지 않소?'

"흘흘, 내공이 있어야 다스리는 법이 필요한데 네놈에게는 내공이 없으니 다스리는 법도 필요없다."

자신이 가지고 있는 엄청난 내공과 도수백이 키워온 독기는 엄연히 다른 것이라는 의미다.

원도에게는 내공이 있고, 도수백에게는 그만의 독특한 기질이 있었다.

원도에게 내공이 그의 힘이듯 도수백에게는 그의 독한 기질이 힘인 것이다.

그리고 그 힘에는 차이가 없다.

원도는 그런 말을 하고 있었다.

어렴풋이 그 뜻을 느끼면서도 도수백은 원도의 힘이 부러웠다.

'스님은 도대체 그런 재간을 어디에서 배운 거요?'

"나는 소림사에서 배웠다."

'소림사?'

기요성에게 들어서 도수백도 그곳이 어떤 곳인지는 알고 있었다.

무림의 태산북두로 숭앙받는다는 곳 아닌가.

기요성은 모든 무공이 소림사에서 나왔고, 소림사로 돌아간다고 했다.

어렴풋이 짐작은 했지만, 원도가 제 입으로 그 소림사의 승려라는 걸 말하자 놀람과 흥분으로 가슴이 쿵쾅거리며 뛰었다.

원도는 어려서부터 소림사에 들어가 좋은 스승을 모시고 힘껏 연마해 온 게 틀림없었다.

그렇다면 그는 고수 중에서도 고수라고 할 만한 경지에 오른 자일 것이다.

그런 원도가 무슨 일로 소림사에 있지 않고 이 먼 운남까지 내려와 보잘것없는 절간에 눌러앉은 건지 궁금했다.

"사정이 있어서 그만 쫓겨났지. 에휴, 그러니 지금은 오갈 데 없는 땡중 신세인 게야. 사부님은 여전하신지, 여러 사숙이며 사형제들은……."

문득 원도의 얼굴에 처연한 기색이 어렸다.

오십을 바라보는 나이일 텐데도 사부를 생각하자 아이가 되는 모양이다.

"커흠, 그건 그렇고……."

자신의 실태를 깨달은 원도가 화들짝 놀라 어색한 헛기침을 했다.

"그래서 너는 내공을 배울 수 없고, 배울 필요도 없다는 거다."

'그럴 거면 뭐 하러 이런 요술을 보여준 게요? 그런 얘기는 또 뭐 하러 주절거린 게요? 그렇게 자랑을 하고 싶었소?

"보채지 마라. 그동안 네가 기울인 공덕이 기특해서 이 부처님께서 한 가지 보물을 줄 테니까."

원도가 잔뜩 생색을 내며 거들먹거리더니 품에서 얇고 낡은 책 한 권을 꺼냈다.

표제(表題)도 없고 지은이가 누구인지도 적혀 있지 않은 정체불명의 책이었다.

"강호를 주유하던 시절에 우연히 얻은 것이니라."

무엇을 생각하는지 그 책을 쓰다듬는 원도 화상의 얼굴에 아련한 추억의 그늘이 졌다.

"강호에서는 좀체 찾아볼 수 없는 기이한 공부이기에 차마 버리지 못하고 오늘날까지 품에 지니고 있었지."

'왜 버릴 생각을 했소?'

"나에게는 필요없는 공부거든."

빙긋 웃은 원도가 그것을 불쑥 내밀었다.

"하지만 너에게는 지금 이것만큼 절실히 필요한 공부가 또 없을 것이다. 어쩌면 너에게 전해주기 위해서 내가 여태까지 이것을 지니고 있었던 건지도 모르지."

"……."

"이러니 인연은 따로 있다고 하는 게야. 그러고 보니 이 책이 내 눈에 띈 것도 이놈이 스스로 제 인연을 찾아가기 위해서였는지도 모르겠다."

책이 제 스스로 주인을 찾아간다는 말은 들어본 적이 없다.

하지만 도수백은 더 이상 빈정거리지 못했다.

원도의 얼굴에 깃들어 있는 어떤 엄숙함 때문이었다.

받아서 펼쳐 보자 빼곡한 글자와 함께 몇 가지 그림이 그려져 있었다.

다섯 장에 불과한 책인데 재질이 누렇게 변했고 모서리가 닳아서 날근거리는 것이 오래전에 만들어진 게 분명했다.

"소류신공(逍流神功)이라는 것이다."

'소류신공?'

도수백에게는 생소한 강호의 단어였다.

"원래 이름이 있었을 텐데 알 수가 없으니 내가 멋대로 지어 붙인 거다."

하지만 그런 이름을 붙인 데에는 이유가 있을 것이다.

"이것은 내 몸에 가해지는 외부의 충격을 물처럼 흘려보내는 비법과 그것을 수련하는 방법에 대해서 기록한 것이다. 어슬렁거리는 걸음걸이 속에 천 가지 묘미가 있고, 깊게 들이쉬고 길게 내쉬는 숨결에 만 가지 의미가 있다. 그것을 대성한다면 비로소 네놈의 몸뚱이가 저 바위처럼 썩지 않고 피둥피둥해졌다고 할 수 있겠지."

도수백은 원도 화상의 말을 믿었다.

이제 더 이상 강호의 고수들이 허황하고 과장된 자들이라고 생각할 수 없기 때문이기도 하다.

"백 번 읽어보고 그래도 모르겠으면 물어라."

"……?"

"이게 어디에서 나온 거냐고? 흘흘, 그거야 나도 모르지. 얻었을 때부터 표지에 아무것도 적혀 있지 않았으니 말이다. 아마도……."

잠시 머뭇거리던 원도가 자신없다는 얼굴로 다시 말했다.

"어떤 비급의 일부분인 것 같다. 누군가 한 권의 비급을 쪼개서 여러 권으로 나누었는데 그중 하나가 아닌가 싶어. 나머지? 이놈아, 누가, 언제, 어디에서 그 짓을 했는지도 모르는데 나머지를 내가 어떻게 알아? 그게 다라고 생각하고 그냥 외워라. 독서백편의자현(讀書百遍義自見)이라고 하지 않더냐. 커흠.”

큰 기침을 하면서 원도가 휘적휘적 산을 내려갔다.

그날 저녁 예불은 도수백 혼자서 드릴 수밖에 없었다.

밤이 늦어서 고래고래 소리를 지르며 돌아온 원도에게서는 술 냄새가 물씬 풍겼다.

누구에게 두들겨 맞았는지 옷자락에 흙이 잔뜩 묻었으며, 눈두덩에 시퍼런 피멍이 들었고 입술도 부르텄다.

하지만 원도는 제 꼴을 조금도 상관하지 않았다.

“썩을 놈들. 부처님께 보시하는 셈치고 개평을 좀 주면 어때? 부처님 돈을 죄다 따먹다니, 천하에 경우도 없는 불쌍 놈들 같으니. 더러워서 그놈들과 다시는 안 놀 테다.”

법당에 퍼질러 앉아 주절주절 주워섬기는 말이 아마도 저자의 노름판에 갔던 모양이다.

가진 돈을 다 잃고 떼쓰다가 몰매를 맞은 것이리라.

도수백은 그린 원도 화상을 이해할 수 없었다.

툭하면 저자의 불량배들에게 두들겨 맞고 오니, 누가 그를 보고 고수라고 할 것인가.

“히히, 주먹이 근질거리는 중생에게 몸 보시를 한 것이고, 주머니가 빈 중생에게 돈 보시를 한 것이니 이보다 더 부처님의 뜻을 잘 펼칠 수 있는 중 있으면 나와보라고 해!”

'도박판에서 말이오? 불한당들에게?'

"이놈아, 부처님께서 그렇게 하는 게 이치에 맞지. 그럼, 부처님이 그놈들을 두들겨 패고 그놈들 돈을 몽땅 따서 들고 오리?"

눈을 부라리며 의젓하게 말하지만 코웃음만 날 뿐이다.

찬물 한 사발을 떠다 준 도수백이 휭 하고 돌아서서 제 방으로 가버리자 원도가 혀를 찼다.

"쯧쯧, 부처님의 깊고 깊은 속을 중생이 어찌 알리요. 나무아미타… 드르렁—"

불호를 미처 다 외지 못하고 모로 픽 쓰러지더니 그대로 코를 골았다.

다시 한 달이 흘렀다.

겨울도 끝자락에 접어들고, 양지 바른 곳에서는 새싹이 쭈뼛쭈뼛 머리를 내미는 무렵이다.

그동안 도수백은 원도가 소류신공이라고 이름 붙인 그것을 읽고 또 읽었다.

밤낮을 가리지 않았으니 족히 천 번은 읽었으리라.

책을 백 번 읽으면 그 뜻이 저절로 드러난다는 말처럼, 구절 하나하나가 머릿속에 각인될 즈음에 어렴풋이 무언가 눈앞에 떠오르는 게 있었다.

그건 숨을 쉬고 멈추며 내뱉는 방법과, 몸 안의 기운을 자연스럽게 흘려보내는 방법이었다.

내 기운을 이끌어내 쓰는 것과는 정반대다.

외부에서 들어온 기운을 내 몸 안에서 한 바퀴 휘돌려 밖으로 흘려보내는 방법인데, 들숨과 날숨, 그리고 '흠(歙)'이라고 표현된바, 숨을 멈추고 참는 데에 비결이 숨겨져 있었다.

그동안 이해할 수 없는 부분은 때때로 원도에게 물어보았다.

원도는 도수백이 물을 때마다 사부가 제자를 가르치듯 자상하고 세밀하게 제가 알고 있는 이치를 설명해 주었다.

그럴 때의 원도는 저자의 망나니들에게 얻어터지고 다니던 그 원도와는 하늘과 땅만큼이나 달랐다.

그리고 일곱 걸음의 보법 도해가 있었는데, 호흡법의 비결에 눈을 뜨게 될 즈음 도수백은 보법이 호흡법을 보조하는 수단이라는 걸 알았다.

그러나 처음 비급을 건네줄 때 원도 화상은 그 일곱 걸음을 두고 '어슬렁거리는 걸음 속에 천 가지 묘미가 있다'고 하지 않았던가.

다시 한 달 동안 도수백은 원도가 말한 그 '묘미'를 찾기 위해 보법의 구결을 읽고 도해를 따라 이리저리 걷기를 거듭했다.

그렇게 천 번은 족히 되풀이했을 것이다.

이제는 눈을 감고 있어도 몸이 절로 보법의 원리를 따라 움직였고, 수많은 구결이 절로 떠오르고 사라졌다.

일곱 글자 마흔아홉 구절로 이루어진 것에 불과한 호흡과 보법의 구결들이 제 스스로 새끼를 치고, 그 새끼가 또 새끼를 치고…….

알 수 없는 모호한 구결들이 기하급수적으로 불어나 머릿속을 가득 메웠다.

이제는 어떤 게 원래의 구결이고 어떤 게 파생되어 나온 새 구결인지 알 수 없게 되고 말았다.

그놈이 그놈 같으니 굳이 구분할 필요가 없어진 건데, 도수백은 이른바, '배우고, 익히고, 잊는다'는 세 가지 단계 중 어느새 '잊는' 단계에 훌쩍 뛰어들어 버린 것이다.

그러는 사이 여섯 달이 가는 줄 모르게 지나가 버렸다.

봄도 절정에 이르러 온 산이 파릇파릇한 나뭇잎으로 곱게 치장을 했다.

魔風俠星
第十一章
창산(蒼山)의 꽃

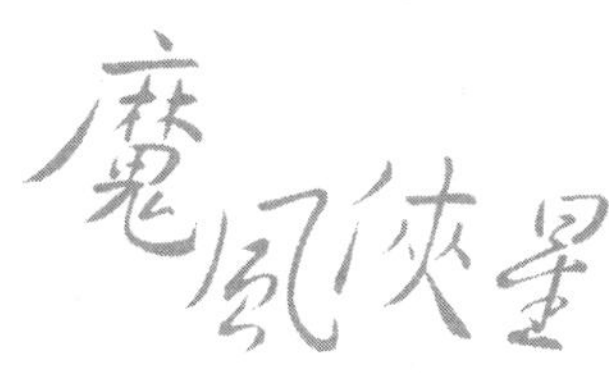

원도 화상이 처음 명했던 여섯 달 동안의 묵언정진이 끝나는 날이다.

이른 아침 예불을 마친 원도는 다른 때의 그와는 사뭇 달랐다.

여전히 엄숙하고 장엄하다.

"앉아라."

법당의 본존불(本尊佛)을 등지고 앉아서 번쩍이는 눈으로 도수백을 보았다.

도수백이 그 앞에 무릎을 꿇고 앉았다.

시킨 것도 아닌데 저절로 그렇게 된 것이다.

여섯 달을 보내는 동안 그의 마음속에 어느덧 원도의 그림자가 크고 장엄하게 드리워진 탓이었다.

그가 아무리 엉뚱한 짓을 해도, 저자의 망나니들에게 얻어터지고 돌아와도, 술에 취해서 고성방가를 해도 이제 도수백에게는 원도 화상이 더 이상 미친 땡초로 여겨지지 않았다.

스승을 대하듯 공경심이 절로 우러난다.

"훌륭하게 잘해냈다."

원도가 처음으로 칭찬의 말을 했다.

"십 년만 더 일찍 만났다면 좋았을걸……."

도수백을 바라보는 얼굴에 아쉬움이 절절했다.

"이렇게 늦게 만나다니……. 아무래도 부처님이 심술을 부리신 게 아닌가 싶다."

"저는 이렇게라도 스님을 만나게 된 걸 다행으로 여기고 있습니다."

여섯 달 만에 하는 말이다.

목소리가 잠긴 듯하고 어눌했지만 그 어떤 말보다 진정이 담겨 있었다.

원도가 빙그레 웃었다.

"인연이라는 게 원래 그러느니라. 내가 원하는 대로 만나고 헤어진다면 그게 어디 인연이겠어? 장난이지."

엄숙하고 장엄하던 모습이 한순간에 돌변한다.

이제는 이런 일에 익숙해질 때도 되었으련만 도수백에게

는 그런 원도의 양면성이 여전히 이해할 수 없는 일이었다.

도대체 어떤 게 원도 본연의 모습인지 늘 헷갈린다.

도수백도 빙그레 웃었다.

원도의 저 말투는 죽어서도 고치기 힘들 거라는 생각이 들어서였다.

"어쨌거나 그동안 네놈의 수행이 그럭저럭 된 것 같으니 더 이상 종살이 할 필요 없겠다."

"그 말씀은……?"

"가라."

"예?"

도수백이 눈을 휘둥그레 떴다.

여섯 달 전의 그는 야반도주라도 하고 싶어서 안달이 났었는데, 지금은 가라는 말이 그렇게 서운하고 싫을 수가 없다.

"싫습니다."

"머시라?"

"저는 아직 스님에게서 배울 게 많습니다."

"뭘 더 원하느냐? 그동안 내 밥을 뺏어 먹었고, 내 술과 고기를……."

"예?"

원도가 무안한 얼굴이 되어서 손을 홰홰 내둘렀다.

"아니다. 그건 나 혼자 먹고 마셨지."

그러더니 다시 정색을 하고 말했다.

"아무튼 내 법력도 뺏어갔고, 신도들도 뺏어갔다. 너 때문에 나는 거지나 다름없게 되었어. 그런데도 더 뺏어갈 게 있다고?"

"무공을 가르쳐 주십시오."

"이놈아, 너에게는 가르칠 수가 없다고 이미 말했잖느냐? 새로 배우기에는 너무 늙었다니까."

"그럼 저는 그냥 이렇게 살아야 하는 겁니까?"

"지금이 어때서?"

"몰랐을 때는 제 칼이 누구보다 사납다고 여겼습니다. 하지만 눈을 뜨고 나자 제 칼은 골목 안 꼬마가 휘두르는 부지깽이보다 못하다는 걸 알게 되었습니다."

"흐음—"

"그러니 이대로 산에서 내려가면 칼을 버리고 숨어 사는 수밖에 없겠지요."

"그럼 그렇게 하렴."

"예?"

"굳이 강호에 나가 시달릴 게 뭐 있느냐는 말이다."

원도의 심드렁한 말에 도수백이 눈을 부릅떴다.

그러나 원도는 개의치 않는다.

커다란 콧구멍을 후벼가며 노래하듯 중얼거렸다.

"농사를 짓고, 엉덩이 큰 색시를 얻어서 아들딸 주렁주렁 낳아 기르며 사는 재미가 어찌 극락의 재미만 못할 것이냐?"

"진정이십니까?"

"그냥 해본 소리다. 커흠."

그날 이후 도수백은 원도에게 무공을 가르쳐 달라고 끊임없이 졸랐다.

하지만 원도 화상은 딱 한 마디만 했을 뿐이다.

"지금 가지고 있는 걸로 충분해."

도수백이 만족할 리가 없었다.

"스님처럼 바위에 손자국을 내지 못해도 좋습니다. 하지만 저는 지금의 제 칼로는 만족할 수 없습니다. 스님이 제 눈을 그렇게 높여놓은 것이니 책임을 져야지요."

떼를 썼지만 원도 화상은 대꾸도 하지 않았다. 아예 상대하려고 들지도 않는다.

그래도 며칠을 더 조르자 벌컥 화를 내며 말했다.

"이놈아, 네 칼이 이미 무시무시한데 뭘 더 바래?"

"내 칼이 무서운지 우스운지 본 적도 없지 않습니까?"

"귀는 있어서 들을 건 다 듣고 산다. 중이도에서 금군의 장령 두 명을 거뜬히 해치웠다며?"

"……"

"금군의 장령쯤 되는 놈들이라면 적어도 십 년이 넘게 무예 수련을 한 자들일 게다. 당연히 솜씨가 뛰어나겠지."

"하지만 강호의 고수는 아니잖습니까?"

“흑질 나대규와 마두괴 상조는? 그놈들도 단칼에 베어버렸다던데? 거기에 흑심조부 곽칠과 다른 세 놈의 자객도 한 칼로 목을 쳐버렸다더라.”

“…….”

“그놈들이 비록 강호의 고수는 아니지만 대리 일대에서는 악명을 떨치던 자들이었다. 호락호락한 놈들이 아니라는 얘기지.”

도수백은 그놈들이 대리 부중의 악당 패거리를 이끌고 두목 노릇을 하던 자들이라는 걸 잘 알고 있었다.

마두괴 상조가 뜻밖의 기습을 당했고, 그래서 흑질 나대규가 당황하지 않았더라면 그처럼 쉽게 벨 수 없었을 것이다.

“그러니 네 칼은 보지 않아도 능히 알 수 있어. 그만하면 어디에 가든 너를 얕잡아볼 자가 없을 것이다.”

하지만 도수백의 마음속에는 여전히 불만이 있었다.

“고수를 만난다면 그때도 그럴까요?”

“제대로 칼을 먹이면 고수 아니라 고수 할아비라도 저승으로 직행할 수밖에 없는 거다. 칼 앞에 산 놈과 죽은 놈은 있어도 고수니 하수니 하는 건 없는 거야.”

“…….”

“네 칼은 이미 그런 일을 잘할 수 있도록 충분히 단련되었다.”

원도는 도수백의 칼에 대해서 누구보다 잘 알고 있는 것처럼 말했다.

"아무리 강호의 고수라고 해도 일단 칼을 들고 너와 마주 서면 너의 그 포악한 기질에 질리고 말 거야. 네 칼이 언제든 제 목을 칠 준비가 되어 있다는 걸 느낄 테니까 말이다. 그거면 충분해. 굳이 다른 잡다한 무공을 배울 필요 없다."

"하지만 저는 스님의 손가락을 베지 못했잖습니까?"

"흘흘, 내 두 손가락에 칼을 잡혔던 게 그렇게 억울했단 말이지? 속 좁은 놈 같으니, 쯧쯧……."

"고수가 그렇게 손가락으로 제 칼을 끼워 잡는다면 저는 꼼짝없이 목숨을 내맡길 수밖에 없을 것입니다."

짜증이 난다는 듯 원도 화상이 버럭 소리쳤다.

"이놈아, 그때 네가 노린 건 손가락이었지 내 목이 아니었 잖아!"

"……."

"네놈이 내 목을 노리고 있었다면 나도 가슴이 떨려서 그렇게 무모한 짓을 하지 못했을 게다."

살기의 유무를 말하는 것이다.

그때 도수백은 원도를 놀라게 할 마음뿐이었지 그를 죽이겠다는 살기가 없었다.

목을 노리고 칼을 휘두를 때도 그랬다.

그래도 도수백은 제 주장을 꺾지 않았다.

"하지만 만약 스님 같은 고수를 만난다면 스님이 바윗돌을 눌렀듯 제 칼을 누르고 제 가슴을 누를 것 아니겠습니까? 제가 어떻게 그걸 당할 수 있겠습니까?”

“쯧쯧, 미련한 놈이로다. 이놈아, 그래서 내가 네놈에게 소류신공 비급을 준 것 아니냐?”

“…….”

“네놈이 내가중수법을 상대할 수는 없지만 그것을 해소시킬 수는 있을 것이다. 그런 다음에 한 칼을 먹여! 내공의 고수는 살이 잘리지 않고 뼈가 깎이지 않는다더냐?”

“그래도 스님의 소림사 신공절학을 배우고 싶습니다.”

“일없다.”

원도는 완강했다.

“네놈과 소림사는 인연이 없다. 나를 만난 것? 그건 나와 인연이 있었기에 그런 것이지 소림사와 인연이 있는 거라고 착각하지 마라.”

그래도 도수백의 얼굴에 불만이 어려 있자 이번에는 달래듯 말했다.

“무엇을 배웠든 그게 중요한 게 아니다. 제 몸에 익어서 자유롭게 쓸 수 있는 게 중요한 거야. 그것을 더욱 가다듬으면 그게 바로 신공절학이 된다. 처음부터 신공절학이 따로 있는 게 아니야. 아무리 좋은 옷도 몸에 맞지 않으면 오래 입은 누더기만 못한 것이다.”

“…….”

"소림사에 많은 무공이 있고, 그중에는 신공절학이라고 할
만한 것이 칠십이 가지나 된다. 하지만 그것들도 처음부터 그
랬던 건 아니지."

도수백도 기요성으로부터 소림사에는 일흔두 개의 신공이
있는데, 그 하나하나가 개세적인 무공이라는 말을 들은 적이
있었다.

역대의 수많은 고승 중 칠십이절기 가운데 다섯 개를 익힌
사람이 없을 정도라니 그것들이 얼마나 익히기 까다로운 것
인지도 충분히 짐작이 된다.

그중 한 가지만 대성해도 천하를 오시할 만하다지 않았던
가.

하지만 도수백은 거기까지만 알고 있을 뿐, 원도 화상이 보
여주었던 대라금강수(大羅金剛手)가 바로 그 칠십이종의 절기
중 하나라는 건 까맣게 모르고 있었다.

"너는 병영에서 무예를 익혔고, 그걸 누구보다 잘 사용할
줄 안다. 나머지는 강호에서 이런저런 일들을 겪으며 네 스스
로 보충하면 될 게야. 지금은 새로운 무공을 배워서 그것을
익히느라고 땀 흘리기보다 네가 가장 잘할 수 있는 걸 갈고닦
아 더욱 익숙하도록 연마하는 게 열 배, 백 배 유용할 것이
다."

원도 화상의 의지가 확고하고, 그 말이 모두 가슴에 와 닿
는 것이었으므로 도수백은 더 이상 떼를 쓰지 않았다.

법화사 동쪽 일 리 밖.

우거진 소나무 숲이 하늘을 가리고 있는 숲 속에 커다란 바위 하나가 우뚝 솟아 있는데, 위는 열 사람이 마주 앉을 만큼 평평했다.

도수백은 점심마저 거른 채 그 바위 위에 누워 있었다.

속박에서 풀려나 자유로운 몸이 되었지만 그는 여전히 법화사에 머물고 있었다.

여전히 박박 민 머리통이고, 여전히 칙칙하고 덕지덕지 기운 승복을 입고 있다.

돌이켜 보면 법화사에서 원도 화상과 함께 보냈던 지난 여섯 달이 자신의 일생 중에서 가장 평화로운 날들이었다.

하지만 언제까지나 세상을 등진 채 이렇게 살고 싶은 마음은 없었다.

그런 생각을 할 때면 마음에 갈등이 인다.

그리고 매번 머릿속에 울리는 호통 소리가 있었다.

"새파랗게 젊은 놈이 제 꿈은 어디에 두고 들판의 승냥이처럼 살아간단 말이냐!"

왕윤춘의 서슬 퍼런 그 한마디가 머릿속에서, 가슴에서 떠나지 않았다.

'내 꿈.'

도수백은 그 말의 의미를 지금처럼 심각하게 생각해 본 적이 없었다.

나는 무엇 때문에 병영을 떠나 세상에 나왔는지, 무엇 때문에 강호에 뛰어들려고 하는 건지, 무엇 때문에 지금 이렇게 승복을 입고 있는 건지…….

그에게는 그 모든 게 의문이고, 반드시 풀어야만 할 수수께끼였다.

그것은 왕윤춘이 또 꾸짖었던바, '제 인생에 대한 책임'을 지게 되는 것이기도 했다.

제 스스로 만들어 가진 그 '무엇 때문에'라는 의문에 대답을 해 줄 수 있게 될 때 비로소 온전한 한 사람으로 세상에 다시 태어나게 되리라고 여기기 때문이다.

그리고 지금 도수백은 그것의 해답을 찾기 위해 이처럼 갈등하고 있었다.

팔베개를 하고 누워 멍하니 푸른 봄 하늘과 그것에 박혀 있는 몇 조각의 흰 구름을 바라보고 있는 것이다.

그의 가슴속에는 내내 왕윤춘의 일에 대한 뉘우침과 함께 뜨거운 열망 한 가지가 자리하고 있었다.

나도 고수가 되고 싶다는 그것이다.

어려서부터 병영에서 칼을 배웠고, 척계광 장군의 호통을 들어가며 박투술을 배웠다.

그건 오직 적과 싸워 이기고, 용기를 기르기 위한 수단으로써의 무술이었다.

도(道)에 이르기 위한 방편이라던가, 나를 수양하기 위한 수단으로써의 무술이 아닌 것이다.

그러므로 도수백은 무술이란 오직 상대를 쳐서 거꾸러뜨리는 것이라고만 생각해 왔다.

그러던 것이 원도 화상과 생활하면서 크게 바뀌었다.

고수 중에서도 고수라 할 만한 그가 뒷골목의 하찮은 망나니들에게 얻어터지면서도 아무 원한을 품지 않는 걸 보았기 때문이다.

그놈들을 거꾸러뜨릴 상대라고 여기지 않기 때문이리라.

철없는 손자 놈이 수염을 잡아당긴다고 화를 낼 할아버지가 어디 있겠는가.

무엇인지 모르지만 도수백은 원도 화상이 보다 높은 곳에 목표를 두고, 보다 막강한 무엇을 거꾸러뜨리려 한다고 생각했다.

불법일 수도 있다.

임제종(臨濟宗)을 창시한 임제(臨濟) 의현(義玄) 선사는 '부처를 만나면 부처를 죽이고 조사를 만나면 조사를 죽여라' 라고 했다지 않던가.

원도 화상은 그처럼 높은 도를 제가 싸워 이겨야 할 평생의 목표로 삼은 건지도 모른다.

오직 그것에게만 마음과 눈을 맞추고 있는 것이다.

도덕경의 첫 구절에서 노자는 대뜸 '도라고 말할 수 있는 건 본래의 도가 아니다[道可道非常道]' 라고 했다.

원도는 노자가 설파한 것처럼 도에서마저 초월해 절대적인 무엇을 찾기 원하는 것이다.

정각(正覺)과 해탈(解脫)을 간절히 바라고, 그래서 무지막지한 용맹으로 정진하여 스스로 부처님이 되려는 것인지도 모른다.

속세의 내 모든 껍질을 벗고 반야(般若)를 증득(證得)함으로써 욕계(欲界), 색계(色界), 무색계(無色界)의 삼계(三界)에서 벗어나 무애자재(無礙自在)의 깨달음을 얻으려는 것이다.

그렇게 짐작하자 원도에 대한 공경심이 더욱 커졌다.

'나는?

도수백은 자기 자신에게 거듭 물어보지 않을 수 없었다.

과연 나도 원도 화상처럼 높은 목표를 가지고 있었던가? 지금 가지고 있는가 하는 의문이 갈등과 괴로움을 뿌려준다.

그건 당장 답을 얻을 수 없는 숙제 같은 것이었다.

중이 화두(話頭)의 해답을 원하지만 지금 당장 이룰 수 없는 것과 같다.

오랜 세월 수양을 하고 불심을 가다듬다 보면 어느 날 문득 해답을 얻고 광명한 빛을 보게 되지 않던가.

해탈도 그와 같다.

'길은 강호에서.'

도수백은 그렇게 결심했다.

중이 불도에 매진하듯이, 그래서 조금씩 무명계(無明界)를 벗어나듯이 강호에 나아가 부딪치고 깨지다 보면 저도 모르게 조금씩 해답에 다가갈 수 있지 않겠는가 하는 생각이 든 것이다.

그가 비로소 자신이 강호에 나가야 할 이유와 목적에 대해서 어렴풋이나마 깨닫게 된 기쁨으로 황홀해져 있을 때, 저 아래쪽에서 두런두런 말하는 소리가 들려왔다.

점점 가까워진다.

세 사람의 남녀였다.

두 청년은 낯이 익었다.

여섯 달 전, 한밤중에 절에 찾아와 흉수를 내놓으라며 원도와 말씨름을 했던 자들이다.

점창파의 제자들.

그때 도수백의 완맥을 쥐고 내력을 가해 고통스럽게 만들었던 호리호리한 청년이 한 소녀에게 무언가를 열심히 말하고 있었다.

소녀는 채 스무 살이 되지 못한 나이로 보였는데, 갓 피어난 수국처럼 화사하고 청초한 용모였다.

그린 듯 고운 아미를 살짝 찌푸리고, 투명한 두 볼을 부풀린 것이 무언가 단단히 화가 나 있고, 그래서 잔뜩 토라진 것 같았다.

"사매, 사매, 내 말 좀 들어보라니까."

"흥, 사형은 늘 나를 골려먹으려고만 하는데 더 들을 말이 뭐가 있겠어요?"

"사매, 그런 게 아니야. 이번만큼은 장난이 아니라구."

"여태까지 나를 대했던 게 모두 장난이었다는 걸 이제 실토하는군요?"

"이런, 사매, 내 말은 그런 뜻이 아니라……."

그가 당황하여 어쩔 줄 모르다가 힐끔 또 한 청년을 돌아보았다.

도와달라는 기색이 역력하다.

스물두서너 살쯤 되어 보이는 하얀 얼굴의 청년이 의미심장한 미소를 지었다.

"사매, 둘째 사형의 말뜻을 잘 알잖아. 그렇게 고집 피울 것 없다고. 그러잖아도 사매에게는 쩔쩔매는 둘째 사형인데 불쌍하지도 않아?"

"다섯째야, 너마저 나를 골릴 셈이냐?"

"그럴 리가 있나요. 저는 다만 사형의 입장이 매우 난처한 것 같아서 도와드리려는 것뿐이지요."

호리호리한 몸매의 청년은 점창파의 일곱 제자 중 둘째인 지검이룡(地劍二龍) 단호림(段虎林)이고, 얼굴 흰 청년은 다섯째 제자인 용검오룡(龍劍五龍) 명추산(明秋山)이었다.

그들의 사부이자 점창파의 장문인 사일검협 편옥수는 일곱 제자에게 각기 천지인용호풍운의 글자를 주고, 용(龍)으로 불렀다. 천검일룡, 지검이룡… 하는 식으로 제자들의 외호를 정했던 것이다.

소녀는 유일한 여제자인 까닭에 용 자를 외호로 삼지 않았다. 그래서 운검칠화라고 부른다.

슬하에 자식이 없는 사부와 사모의 사랑을 듬뿍 받고, 여섯 사형들의 보살핌을 받는 그녀는 모두에게 동경의 대상이었다.

그래서 산 아래에서는 그런 그녀를 두고 창산일화(蒼山一花), 창산의 한 송이 꽃이라는 말로 사랑스러움과 부러움을 표현했다.

창산의 꽃, 운검칠화(雲劍七花) 왕소령(王小鈴)이 더욱 쌀쌀맞아진 얼굴로 소리쳤다.

"시끄러워요! 둘 다 똑같아!"

바위 위에 주저앉아서 도수백은 그들의 그런 모습을 모두 지켜보았다.

무슨 일 때문에 보는 것만으로도 가슴이 울렁거리는 아름다운 소녀가 저렇게 화가 났고, 기세등등하던 두 청년이 저렇게 쩔쩔매는 것인지 궁금해진다.

그가 소녀를 유심히 바라보는 동안 그녀는 점점 가까워져서 바위 근처에 이르게 되었다.

바위 위에 앉아 있는 사람의 그림자가 발아래 비쳤다.

"어머, 저기 누가 있어요."

소녀가 깜짝 놀라 걸음을 멈추고 위를 바라보았다.

두 청년도 바위 위를 보고 깜짝 놀란다.

"어? 저놈은 보화사의 그놈이 아니냐?"

"사형에게 혼쭐이 났던 바로 그 종이라는 놈인데요?"

"그런데 왜 이런 곳에 있는 거지?"

"그거야 불러서 물어보면 알겠지요."

용검오룡 명추산이 빙글빙글 웃으며 도수백을 손짓해 불렀다.

"형장, 이리 와보시오. 우리 둘째 사형께서 몇 마디 물어볼게 있다오."

도수백이 마지못한 듯 몸을 일으켜 미적거리며 바위에서 내려와 그들 앞에 섰다.

그를 훑어보던 지검이룡 단호림이 쳇 하고 혀를 찼다.

"이 녀석이 말 못하는 벙어리라는 걸 깜빡했군. 아무것도 물어볼 수 없잖아."

"그래도 나는 물어봐야겠어요."

소녀 운검칠화 왕소령이 단호림을 밀고 나섰다.

화가 잔뜩 난 눈길로 도수백을 이리저리 살펴보더니 앙칼지게 말한다.

"당신이 도수백이라는 사람인가요?"

“……?”

도수백은 의아했다. 생면부지의 소녀가 대뜸 제 이름을 부르니 그렇다.

“이 사형은 당신이 왕 대인을 죽인 바로 그자인지도 모른다고 하던데?”

“사매!”

단호림이 당황한 얼굴로 그녀의 옷소매를 붙들었다.

“내 말은 그렇게 오해했었다는 거지 단정한 건 아니었잖아.”

“흥, 어쨌든 사형이 그런 생각을 했을 때는 이 사람에게서 무언가 수상한 점을 보았기 때문 아니겠어요? 사형은 상관하지 마세요. 내가 직접 확인해 볼 테니까.”

“사매, 이 일을 사부님께서 아시면 화를 내실 거다.”

“왜요?”

“에휴, 대체 얼마나 말해줘야 알아듣는 거냐? 벌써 수십 번도 더 얘기했잖아.”

“그러니까 왜 사부님께서 법화사의 땡중을 그렇게 꺼려하느냐 이거예요. 대체 그 중이 뭐기에 사부님 같으신 분이 조심하느냐고요. 이건 사문의 자존심 문제 아닌가요?”

그들의 말다툼은 어느덧 도화사의 원도 화상에게로 옮겨가 있었다.

도수백은 아무 말도 하지 않고 그들이 하는 양을 바라보기만 했다.

아니, 소녀의 부용꽃 같고 잘 익은 복숭아 같은 그 얼굴에서 눈길을 떼지 못한다.

화를 내고 흘겨보아도 아름다운 소녀.

짜증을 내도 귀엽고 사랑스러운 그런 소녀를 그는 생전 처음 보는 것이다.

요지선녀 같은 그 소녀가 다시 발끈해서 앙칼지게 소리쳤다.

"그 화상의 정체가 뭔지 그것도 알아봐야겠어요. 흥, 시시껄렁한 중이기만 해봐라. 내가 가만두지 않을 테야."

"사매, 사부님께서 그 스님을 조심하라고 우리 모두에게 주의를 주신 데에는 다 이유가 있어서일 거야."

"이사형은 사부님께 그 이유에 대해서 여쭈어봤나요?"

"감히 어떻게 사부님의 말씀에 대꾸를 한단 말이냐?"

"흥, 나는 사부님께 혼나는 한이 있더라도 반드시 그 화상의 정체를 캐봐야겠어요. 그 화상이 수상한 자를 감춰두고 있다니 더 그래요."

소녀가 다시 도수백을 매섭게 노려보며 말했다.

"당신, 정말 벙어리인가요? 생긴 건 멀쩡한데 벙어리라니? 나는 믿을 수 없군요."

'생긴 것과 말 못하는 것이 무슨 상관이 있단 말인가?'

도수백은 어이가 없었지만 여전히 침묵을 지켰다.

대체 소녀가 무엇 때문에 저에게 이렇게 화를 내는 건지 알수 없어서이기도 하다.

"당신이 도수백이고, 대리부의 망나니 패와 어울려서 내 아버님을, 아버님을… 흑……."

소녀가 말을 다 하지 못하고 얼굴을 감싼 채 흐느껴 울었다.

도수백은 뒤통수를 커다란 몽둥이로 맞은 것 같았다. 아찔한 현기증이 인다.

'아버님이라니? 그렇다면 이 소녀가 왕 대인의 여식이란 말인가?

눈앞이 멍해지고 아무 생각도 떠오르지 않았다.

그녀는 왕윤춘이 둔 삼남 일녀 중 막내이자 하나뿐인 딸이었다.

아버지가 황궁의 내각학사라는 신분에 있을 때 집을 떠나 이 먼 운남으로 온 것이다.

무슨 생각에서였던지 왕윤춘은 하나뿐인 딸을 강호의 문파인 점창파에 입문시켰다.

셋이나 되는 아들은 모두 학문에 정진토록 하면서 유일한 여식에게는 무공을 배우게 했으니 기이한 일이었다.

아홉 살에 점창파에 막내 제자로 입문하여 십 년이 지났으니 그녀는 지금 열아홉 살의 활짝 핀 나이였다.

작년에 사모인 백화선고(白花仙姑)를 따라 사천의 아미산으로 갔다가 보름 전에야 돌아왔다.

그러므로 그녀는 자신이 없던 동안 아버지가 역적으로 몰렸고 가솔이 모두 참수당했다는 걸 까맣게 모르고 있었다.

아미산으로 가는 동안에도, 또 그곳에 머무는 동안에도 백화선고는 철저하게 왕소령을 감싸고돌면서 그녀가 외부의 소식과 접하지 못하도록 했던 것이다.

아미산에서의 정기 회합을 마치고 몇 달 동안 더 머물다가 천천히 대리로 돌아왔는데, 왕소령은 사모께서 왜 그렇게 게으름을 부리는 건지 의아하기만 했다.

그리고 보름 전 점창파로 돌아와서야 심상치 않은 기운을 느꼈다.

하지만 그때까지도 왕소령은 그게 저에 관련된 일이라는 건 짐작도 하지 못하고 있었다. 모두들 쉬쉬했기 때문이다.

그러다가 며칠 전에야 가문에 대한 소식을 들었고, 아버지가 천행으로 목숨을 건져 이곳까지 도망쳐 와서는 저 아래 하얗게 반짝이는 호수, 이해 가운데의 한 섬에서 비명횡사했다는 걸 일었다.

그녀는 비로소 사모께서 왜 굳이 자기를 데리고 아미산행을 했던 건지, 그렇게 게으름을 부리며 시간을 끌었던 건지 이해되었다.

그리고 가문과 부모님, 오라버니들이 당한 비극은 뒤늦게 그녀의 가슴을 갈가리 찢어놓았다.

당장 복수하러 가겠다고 길길이 날뛰는 그녀를, 나도 따라서 죽어버리겠다고 목을 매다는 그녀를 사부와 사모, 사형들이 모두 나서서 말리기를 몇 차례.

그녀는 조금씩 이성을 찾아갔다. 하지만 그럴수록 가슴에 품고 있는 원한의 칼날은 더욱 날카로워지기만 했다.

복수.

그녀는 그 한마디를 평생의 화두로 삼았다.

내 손으로 가문의 복수를 하고, 부모 형제의 복수를 하고 말겠다는 지독한 결심이 그녀를 변하게 했다.

곱고 여린 얼굴과 심성을 가지고 있는 그녀의 가슴속에서 지독한 야차 하나가 꿈틀거리며 커가고 있었던 것이다.

벌써 며칠째 제대로 먹지도 않고, 말도 없이 시무룩해져 있는 그녀를 달래던 단호림이 이런저런 말로 위로하다가 무심결에 육 개월 전의 일을 이야기했다.

법화사와 그곳의 괴승 원도 화상, 그리고 종이라는 수상한 사내에 대해서 말해주자 왕소령의 안색이 싹 변했다.

단호림은 내심 아차 하고 후회했지만 이미 엎지른 물이었다.

그녀가 당장 법화사로 가겠다며 뛰어나갔고, 단호림은 급한 대로 다섯째와 함께 그녀를 따라 이곳까지 온 것이다.

나중에 사부께서 이 일을 아시면 조심성없는 놈이라고 크게 책망하실 것이다.

그 일이 두렵지만 지금 당장은 눈앞의 이 고집쟁이 사매를
사문으로 다시 데리고 돌아가는 게 급했다.

"사매, 내가 잘못 보았던 거라니까 그러네. 흉수는 벙어리
가 아니라고. 그런데 그 친구는 벙어리야."

단호림이 울상을 짓고 말하지만 왕소령은 도수백의 얼굴
에서 무엇을 찾아내기라도 하겠다는 듯 뚫어지게 바라보기만
했다.

"당신의 그 눈이 내 아버지의 마지막 모습을 지켜본 눈이
겠지요?"

아무 근거도 없으련만 그녀는 그렇게 단정해 버린 듯했다.

여자의 직관이고, 원한에 사로잡힌 영혼이 신통력을 발휘
한 것이라고밖에는 이해할 수 없었다.

눈앞에서 당돌하게 노려보고 있는 소녀를 바라보는 동안
도수백의 당황하던 얼굴이 점점 무심하게 변해갔다.

하지만 마음속에는 수많은 갈등이 스쳐 가고 머릿속에는
그만큼의 생각들이 뒤얽혔다.

도수백의 표정이 무심해져 가는 것과 비례해서 그를 노려
보는 왕소령의 눈은 점점 매서워졌다.

두 사람 사이에 심상치 않은 기류가 흐른다. 그것을 느낀
단호림이 재빨리 끼어들었다.

"사매, 그는 벙어리라니까. 그를 붙잡고 실랑이해 봐야 속
만 답답해질 뿐이다. 그러지 말고 일단 사문으로 돌아가자.

사부님과 상의해 보고 계획을 세우는 게 나을 거야.”

“사형은 저리 비켜 있어요. 이건 내 일이니까 내가 알아서 하겠어요.”

왕소령의 고집이 대단하니 단호림은 더욱 애가 탔다.

魔風俠星
第十二章
이조(二祖)가 팔을 자른 까닭은…….

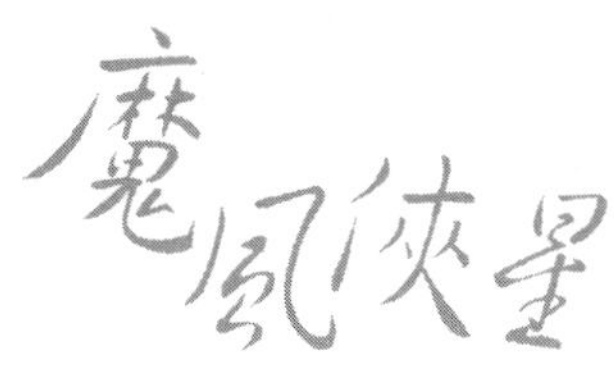

단호림에게는 우선 그녀가 눈앞의 도수백에 대한 집념을 버리도록 하는 게 급했다.

그녀가 도수백을 건드리기라도 한다면 원도 화상이 길길이 날뛸 게 뻔하다고 생각했기 때문이다.

여섯 달 전에도 그러지 않았던가.

도수백을 다그치자 원도 화상이 정색을 하고 막아서서 점창파로 찾아가 사부에게 따지겠다고 했다.

지금이라고 다를 리가 없다.

만약 그가 화가 나서 정말 사부님께 찾아가 따진다면 사부님의 노여움은 더 커질 것이고, 그때는 아무리 귀여움을 받는 사매라고 해도 참회동에 갇히는 신세를 면치 못할 것이다.

단호림은 그녀에게 이 일을 함부로 지껄인 제 입을 저주하는 한편, 어떻게 해서든 그녀가 도수백에게 손을 대지 못하도록 해야 한다고 생각했다.

'차라리 내가 참회동에 갇히는 게 낫지, 그녀가 그 꼴을 당하도록 할 수는 없다.'

그런 생각을 한 그가 왕소령을 밀치고 나서서 대뜸 도수백의 완맥을 잡았다.

"잘 봐, 이놈이 정말 벙어리인지 아닌지."

도수백이 벙어리라는 걸 입증해 보이기만 하면 그녀의 마음도 돌아서리라고 생각했다.

내력을 끌어올려 역곤토수(易坤土水)의 수법으로 기운을 흘려보낸다.

여섯 달 전 도수백을 고통스럽게 했던 수법이다.

나의 기운으로 상대의 기혈을 거꾸로 뚫어나가는 것인데, 그러면 상대는 기운이 역행하여 근골이 뒤틀리는 무지막지한 고통을 받게 된다.

수많은 바늘이 혈맥을 타고 들어온 것 같은 아픔이 느껴지자 도수백은 반사적으로 그동안 제가 익혔던 소류신공의 운기법을 따랐다.

천문을 닫고 지혈을 개방한 다음 길게 숨을 들이쉬자 발바닥에 있는 용천혈을 통해서 대지의 서늘한 기운이 스며들었다.

나무줄기가 뿌리를 통해 물을 빨아들이듯 끊임없이 빨려든 대지의 기운이 역행의 방법으로 소주천을 한다.

그것이 한 바퀴를 채 돌지 않아서 몸 안으로 침입해 들어온 단호림의 역기와 부딪쳤다.

거기에서 소류신공의 교묘한 위력이 드러났다.

다른 운기심법이라면 제 본연의 내력과 외부에서 침입한 내력이 만나는 순간 격렬하게 부딪치게 마련이다.

그러면 고통이 더욱 커지고, 내력이 약한 자는 심각한 내상을 입어 죽거나 폐인이 되고 만다.

하지만 도수백이 끌어들인 기운은 그것 자체가 외부의 기운이었으므로 그런 충돌이 일어나지 않았다.

자연스럽게 단호림의 내력과 뒤섞이면서 그것을 흡수했다.

그리고 더 커진 힘으로 여전히 역순을 따라 소주천을 한다.

'음?'

도수백은 내심 크게 놀랐다.

홀로 소류신공의 운기법을 수련할 때는 알 수 없었는데, 이처럼 외부의 힘을 받아 그것에 반응하자 두 개의 기운이 힘차게 폐혈들을 뚫어나가는 게 느껴졌기 때문이다.

고통스럽기는커녕 가려운 곳을 긁어주는 것처럼 시원하고 개운해진다.

그래서 눈을 멀뚱거리며 단호림을 바라보기만 했다.

"이놈이?"

단호림도 놀랐다.

여섯 달 전에는 자신의 이 한 수에 옴짝달싹 못하고 고통스러워하던 자였는데 지금은 무슨 짓을 하느냐고 묻는 듯 태연하지 않은가.

그저 도수백이 고통스러워하면서도 말은커녕 비명조차 지르지 못하는 자라는 걸 왕소령에게 보여줄 요량이었는데, 이제는 불끈 노기가 치솟았다.

'어디 한번 견뎌보아라!'

그런 모진 마음이 되어서 자신의 내력을 아낌없이 끌어올려 더욱 거세게 몰아붙였다.

이 정도라면 웬만한 자들은 견디지 못하고 혈맥이 파열되어 피를 토하며 쓰러져야 정상이었다.

하지만 도수백은 여전히 멀쩡했다.

얼굴에 은은히 홍조가 돌고 체온이 올라가는 것이 심상치 않았다.

처음 완맥을 잡았을 때보다 그의 상태가 더욱 좋아지는 것 같다.

도수백의 호흡이 길고 가늘어질수록 단호림의 숨결은 거칠어졌다. 이마에 진땀마저 배어나기 시작한다.

그런 현상에 왕소령과 명추산도 의아해졌다.

호기심으로 눈을 반짝이며 단호림과 도수백을 번갈아 살펴본다.

사형의 얼굴을 보니 장난하고 있는 것 같지는 않았다. 전력을 다하고 있는 게 여실했다.

그런데 저 이상한 놈은 고통스러워하기는커녕 오히려 기색이 점점 더 좋아지는 것 같지 않은가.

"핫!"

어느 한순간 단호림이 크게 외치며 손을 놓고 훌쩍 뛰어 물러섰다.

그의 안색은 밀랍처럼 창백해져 있었고, 힘든 일을 한 사람처럼 거친 숨을 몰아쉬고 있었다.

"이놈! 대체 그동안 무슨 요사한 수법을 배운 거냐!"

화가 나서 소리치지만 도수백은 말이 없었다. 정광이 번쩍이는 눈으로 바라볼 뿐이다.

창―

기어이 단호림이 등 뒤의 검을 뽑아 들었다.

사매 앞에서 체면을 구겼다는 생각에 단단히 화가 나서 이후의 일은 생각할 여유가 없었다.

이놈에게 본때를 보여주고 항복을 받아내지 못한다면 추락한 제 위신을 되찾을 수 없다는 생각뿐이다.

"이놈, 스스로 화를 자초했으니 나를 원망하지 마라!"

"사형!"

명추산이 놀라서 소리쳤지만 단호림을 막지는 못했다.

씨이이—

그가 검을 휘둘러 삼면에 번쩍이는 검광을 뿌리며 도수백을 찔러갔다.

미끄러지듯 다가서며 교묘한 수법으로 검봉을 흔들더니 가슴 앞 좌우 운월(雲月)과 단중혈(膻中穴)을 노리는 솜씨가 매끄럽고 쾌속하다.

점창파의 옥령칠식(玉嶺七式) 중 삼첨간월(三尖看月)이라는 초식이었다.

도수백은 눈을 부릅뜨고 단호림의 검법을 뚫어지게 바라보았다.

빠르고 부드럽지만 강렬함이 없다는 걸 단번에 파악했다.

만약 왜놈을 만나 그런 검법을 펼치다가는 당장 정수리가 두 쪽이 나고 말 것이다.

왜구들의 검법이 얼마나 패도적이고 쾌속절륜하던가.

그것에 단련된 도수백의 눈에는 단호림의 멋진 검법이 시시해 보일 뿐이었다.

검봉이 막 가슴을 찌르려는 순간 그가 슬쩍 왼 다리를 뒤로 빼며 몸을 비틀었다.

소류신공 속에 들어 있던 칠보(七步)의 소류보(遡流步)가 자연스럽게 펼쳐진 것이다.

파랗게 날이 살아 있는 검신이 목덜미를 핥듯 아슬아슬하게 스쳐 지나갔다.

그리고 빙글 돌아선 도수백이 반사적으로 불쑥 손을 뻗었다.

그 모습이 단호림의 뒤통수를 노리고 수도를 날리려는 것 같았다.

"억!"

놀란 명추산이 외마디 소리를 질렀다.

단옥림의 놀람은 더욱 컸다.

눈앞에 있던 도수백이 허깨비처럼 꺼지더니 갑자기 뒤통수에 서늘한 기운이 부딪쳐 왔기 때문이다.

"이놈이 이제 보니 솜씨를 감추고 있었구나!"

버럭 소리치며 삼보추월(三步追月)의 신법으로 재빨리 물러섰다.

세 번 몸을 흔드는 동안 좌우로 한 걸음씩 움직이고 뒤로 세 걸음을 미끄러지듯 물러서는 그의 신법 또한 부드럽고 매끈했다.

쫓아오는 자가 있었다면 단호림이 어느 쪽으로 빠져나갈지 갈피를 잡지 못하고 당황하리라. 그사이에 무사히 몸을 빼는 교묘한 신법 절기였다.

단호림이 분노가 가득 담긴 눈으로 도수백을 노려보며 어금니를 악물었다.

"내가 눈이 있어도 고인을 몰라보고 그동안 무례를 범했었군."

이놈 저놈 하던 말투마저 싹 바뀌었고, 악다문 이 사이로 스산하게 던지는 말에 은은히 살기가 실렸다.

전혀 상상하지 못했던 뜻밖의 일에 왕소령도 눈을 동그랗게 뜨고 도수백을 뚫어지게 바라보았다.

제가 무엇을 하려고 했던 건지도 잠시 잊은 듯하다.

단호림이 정광이 번쩍이는 눈을 부릅뜨고 조금씩 검을 흔들며 물었다.

"귀하는 그것을 원도 스님에게서 배운 것이오?"

"……."

"흐흥, 그렇지. 귀하는 벙어리였지. 하지만 듣기는 하겠지? 머리를 끄덕여 대답해 주시오. 귀하는 원도 스님의 제자요?"

"……."

도수백은 여전히 말이 없었다. 멍한 얼굴로 막연하게 단호림을 바라보기만 한다.

'내가 지금 어떻게 한 거지?'

그런 의문과 제 움직임에 대한 놀람으로 반쯤은 넋이 나가 있는 탓이었다.

하지만 그게 단호림에게는 저를 무시하는 것으로만 비쳤다. 그래서 더욱 약이 오르고 화가 났다.

"좋소, 오늘 귀하의 솜씨가 어떤지 똑똑히 보아야겠소. 그러면 원도 스님의 정체를 미루어 짐작해 볼 수도 있겠지. 과

연 사부님으로부터 그렇게 공경을 받을 만한 고수인지 말이
오."

어디까지나 그런 목적을 가지고 공격하겠다는 걸 강조한
다.

진심이 아니라 사태가 어떻게 되든 발뺌할 수 있는 한 가닥
여지를 남겨두려는 교활한 속셈에서였다.

"조심하시오!"

소리치기 무섭게 그가 성큼 뛰어들며 힘껏 검을 휘둘렀다.

피잉—

날카로운 바람 소리가 귓전을 찌른다.

깜짝 놀란 도수백이 본능적으로 다시 한 번 소류칠보를 밟
았다.

걸음에 따라 그의 몸이 전후좌우로 움직이고 흔들리는데,
바람을 맞는 솜털같이 부드럽고 가벼웠다.

쉿쉿쉿—

도수백의 움직임 사이로 검봉이 숨 돌릴 새 없이 훑고 스쳐
지나갔다.

찌익—

펄럭이던 승복의 소맷자락이 길게 찢기며 날카로운 비명
을 터뜨렸다.

"이얏!"

한순간에 여섯 번이나 검을 찌르고 후려쳤지만 도수백을

찌르지 못한 단호림이 이를 악물었다.

그러더니 우렁찬 기합성을 터뜨리며 기어이 사문의 절기인 사일검법(斜日劍法)을 펼쳤다.

그것을 본 명추산이 놀라 소리쳤다.

"사형, 안 돼!"

"아!"

왕소령도 깜짝 놀라 낯빛이 창백해졌다.

사일검법은 점창파가 자랑하는 독특한 검법이다.

날카롭기가 서릿발 같고, 촘촘하기가 밤하늘을 뒤덮은 별 떨기 같아서 한 번 펼쳐지면 상대는 눈앞을 제대로 볼 수 없게 된다.

번쩍이는 검기, 검광이 눈을 찌르고 넋을 빼앗기 때문이다.

게다가 빠르고 정교하며 수비식은 거의 없는 악랄한 검법이었다.

오직 순식간에, 빈틈없이 치밀하게, 그리고 빠르게 들이쳐서 끝내 버리는 것이다.

그러니 상대의 반격에 대비해서 수비에 신경을 쓸 필요가 없다.

사일검법의 제일초 승풍낙조(乘風落照)가 펼쳐졌다.

쏴아아 하는 웅장한 바람 소리가 사방에서 휘몰아치고, 오후의 햇빛을 튕겨내는 검붕이 그물처럼 내리 덮였다.

좌좌좌좌—

손목을 비틀어 얼마나 빠르고 엄밀하게 찌르고 쳐내는지, 검봉이 토해내는 바람 소리가 마치 급한 개울물 소리처럼 흘렀다.

그것에 부딪쳐 튕겨지는 햇빛들이 고기 비늘처럼 반짝이며 천지를 뒤덮는다.

도수백은 그 날카로운 빛 때문에 눈을 뜰 수 없을 지경이었다.

귓전에는 급한 바람 소리가 다가오고, 머리 위에서는 수많은 별이 우르르 떨어지는 것만 같았다.

한순간 검기의 촘촘한 그물에 갇힌 그는 옴짝달싹할 수 없었다.

어디에서부터 어떻게 손을 쓰고 어떻게 움직여야 할지 아득해진다.

피잉—

그 많던 검광과 휘파람 소리가 하나로 합해졌다고 느낀 순간, 가슴에 선뜻한 감촉이 와 닿았다.

그리고 저르르한 통증이 순식간에 몸의 반쪽을 마비시켜 놓는다.

스슥—

도수백은 제 살 속에서 이물질이 빠져나가는 소리를 아득히 들었다.

단호림이 검을 들고 훌쩍 뛰어 물러섰고, 도수백의 왼쪽 가슴 어림에서 선연한 핏줄기가 뻗어나갔다.

'으음 —'

도수백은 이를 악물고 신음을 참았다.

"흘흘흘, 잘하는 짓이다."

문득 송림 속에서 걸걸한 음성이 들려왔다.

"아!"

잠시 넋을 잃고 있던 모두가 깜짝 놀라 돌아본 곳에 언제 왔는지 원도 화상이 잔뜩 화난 얼굴을 한 채 우뚝 서 있었다.

"세 연놈이 한 녀석을 핍박하는 것도 부족해 맨손인 놈에게 검을 휘둘러 죽이려 하다니, 그러고도 너희 연놈들이 점창파의 문하라고 할 셈이냐?"

"그건, 그건……."

단호림의 얼굴이 당황으로 일그러졌다.

비로소 제가 너무 흥분했었다는 걸 뉘우치지만 돌이킬 수 없는 상황이 되어버렸다.

자신의 손에는 핏방울이 맺혀 있는 검이 들려 있고, 도수백은 어깨 아래 부분에서 피를 철철 흘리며 멍하니 서 있기 때문이다.

원도 화상의 험상궂은 얼굴이 음침해졌다.

"흐흐흐, 편옥수에게 따지지 않을 수 없지. 너희들은 여기서 저놈을 천천히 죽이고 있어라. 나는 곧장 점창파로 가서 편 장문에게 이 일을 따질 테니까."

"스, 스님!"

원도 화상이 돌아서자 단호림이 당황하여 불렀다.

"스님, 이 일은 사소한 오해에서 비롯된 것입니다. 서로 무공을 시험해 보려다가 잠깐의 실수로 그만 스님의 제자에게 상처를 입혔으니 제가 벌을 받겠습니다."

"오해라고? 악의를 품었다가 들킨 자들이 종종 그런 말로 발뺌을 하지. 오해란 없는 거야. 변명이 있을 뿐이다."

원도 화상의 냉엄한 말에 단호림이 어쩔 줄 모르고 쩔쩔맸다.

그러자 내내 말없이 있던 왕소령이 발끈해서 소리치고 나섰다.

"당신이 원도 화상인가요?"

"너는 또 어떤 못된 년이냐? 오라, 네가 바로 창산의 꽃이라는 운검칠화로구나? 고얀 년."

왕소령의 버릇없는 말에 화가 난 듯 원도 화상의 말도 거칠어졌다.

왕소령이 코웃음을 치고 매섭게 노려본다.

"당신이 흉수를 숨겨두고 있다던데 사실인가요?"

"뭐라고 지껄이느냐?"

"내 아버지를 죽인 흉수를 당신이 감싸고돈다면 당신은 사부님께 가기 전에 먼저 내 검을 시험해 봐야 할 거예요."

"응? 네 아버지라고?"

"흥! 시치미 떼도 소용없어!"

왕소령이 검을 뽑아 들었다. 눈에서 새파란 원독이 풀풀 쏟아진다.

단호림이 그녀를 가로막으며 원도에게 말했다.

"스님, 제 사매가 바로 중이도에서 도수백이라는 놈의 칼에 억울하게 돌아가신 왕 대인의 홀로 남은 혈육이랍니다."

"으음—"

원도가 깊은 한숨을 내쉬었다. 그의 험악하던 얼굴이 한결 누그러진다.

"사매는 사정이 있어 여태까지 이 일을 몰랐다가 며칠 전에야 알게 되었습니다. 그래서 이처럼 화가 나 있답니다."

단호림이 자기가 그녀를 뒤쫓아 여기까지 오게 된 일을 대충 설명해 주었다.

"그런 일이 있었군."

원도 화상이 머리를 끄덕였다. 그리고 엄숙한 모습이 되어서 말했다.

"세상일이 은원으로 얽히고설켜서 돌아가는데, 그 수레바퀴를 세울 수 없으니 참으로 어렵도다, 어려워. 삼계의 업장을 뉘라서 단번에 소멸하고 중생을 광명계로 이끌꼬. 아미타불……."

원도가 합장하고 불호를 외웠다. 얼굴 가득 안타깝고 서글퍼하는 기색이 어려 있었다.

하지만 그 몇 마디 말은 왕소령의 원한을 조금도 달래주지 못했다.

그녀가 단호림을 밀치고 나서서 검을 흔들며 뾰족하게 소리쳤다.

"어서 흉수를 내놓으시지! 그렇지 않으면 당신을 찌른 다음에 저놈을 죽이고 법화사에 불을 질러 잿더미로 만들어 버리고 말 테다!"

그녀의 고운 얼굴과 깨물어주고 싶은 입술에서 그런 끔찍한 말이 쏟아져 나온다는 게 신기하다.

원도가 멍한 얼굴로 한동안 그녀를 바라보다가 탄식했다.

"고약한 계집애로구나. 생긴 건 보살인데 마음속에는 야차가 들끓고 있으니 장차 세상의 화근이 되겠다."

왕소령의 흉악한 말에 단호림과 명추산의 얼굴도 파랗게 질렸다.

지금 그녀를 막지 못하면 자신들에게도 감당할 수 없는 화가 미칠 거라는 두려움이 든다.

"사매, 이러지 말고 사부님께로 돌아가자. 가서 자초지종을 말씀드리고 도움을 청하자. 이 일은 사매 혼자 힘으로 해결할 수 있는 게 아니야."

단호림이 두 팔을 벌리고 그녀를 가로막은 채 설득했다.

명추산은 원도 화상에게 대신 사과한다.

"스님, 보시다시피 사매는 지금 선부에 대한 슬픔과 원한 때문에 몹시 흥분해 있는 상태입니다. 지금 한 말은 사매의 본심이 아니니 넓은 도량으로 용서해 주십시오.”

“시끄러워! 다들 웬 난리람!”

왕소령이 악에 치받쳐 소리쳤다.

“바로 저 벙어리 놈이 흉수이고, 저 땡초는 그놈을 숨겨준 동조자야! 공범이란 말이야! 용서할 수 없어!”

그녀의 말은 확신에 차 있었다. 하지만 그곳에 있는 모두는 그 이유를 알 수 없었다.

그저 단호림의 말을 들었을 뿐 한 번도 원도 화상이나 도수백을 본 일이 없는 그녀 아니던가.

그런데 그녀는 도수백을 정확히 집어냈다.

느낌이라고 하기에는 모호하고, 다른 이유로는 설명할 수 없다.

그녀의 울부짖음에 가까운 날카로운 소리를 듣는 도수백의 가슴은 찢어지는 듯했다.

단호림의 검에 의해 입은 상처의 아픔 따위는 아무것도 아니다.

‘업장이라는 것…….’

도수백은 원도 화상의 탄식을 거듭 생각했다.

한 번의 실수로 얽히게 되고 만 업장이다.

아니, 이 땅에 발붙이고 사는 이상 업장이라는 건 누구도 피해 갈 수 없는 함정인지도 모른다.

하늘은 온 세상을 뒤덮는 그물을 펼쳐 놓았다.

천라지망(天羅地網)처럼 드리운 것.

그 업장의 그물에서 벗어날 수 있는 자가 누구인가.

도수백은 '삼계의 업장을 뉘라서 단번에 소멸하고 중생을 광명계로 이끌꼬' 하고 탄식하던 원도의 말을 또 떠올렸다.

가슴이 저려온다.

비로소 이조(二祖) 혜가(慧可)가 보리달마 앞에서 제 한 팔을 잘라 버린 마음을 알 수 있을 것 같았다.

그렇게 해서라도 제가 지고 있는 업장을 끊어버릴 수 있다면 팔다리가 아까울 것인가.

도수백이 그런 생각으로 우울해져 있을 때, 단호림은 보다 완강하게 왕소령을 말리고 있었다.

그녀가 지나친 흥분으로 이성을 잃었다고 여긴 것이다.

"사매, 돌아가자."

"이대로는 절대로 돌아가지 않겠어요!"

단호림 못지않게 왕소령 또한 완강하다.

단호림은 그럴수록 그녀를 막아야 한다고 생각했다. 그렇지 않으면 그녀가 무슨 일을 저지를지 모르기 때문이다.

강제로라도 그녀를 사문으로 데리고 돌아가야 한다고 결심한 단호림이 왕소령을 번쩍 안아 들었다.

"실례했소."

도수백과 원도에게 목례를 하고 급히 돌아선다.

명추산이 눈치를 힐끔힐끔 보며 그 뒤를 따랐다.

왕소령이 발버둥 치며 악을 쓰지만 단호림은 막무가내로 그녀를 안고 갔다.

"그녀를 놔줘."

어눌하고 무거운 말.

"엇!"

단호림이 깜짝 놀라 우뚝 섰다. 왕소령도 놀란 듯 발악을 멈추고 잠잠해진다.

도수백이 그들에게로 다가서며 다시 말했다.

"그녀가 하고 싶은 대로 하게 놔둬."

"너, 너……!"

단호림의 볼이 푸들푸들 경련을 일으켰다.

"네놈은 벙어리가 아니었구나!"

명추산도 사납게 원도 화상을 노려보며 소리친다.

"스님, 어떻게 된 일입니까?"

원도 화상은 아무 말도 하지 않았다. 고리눈을 부릅뜬 채 도수백을 뚫어지게 바라볼 뿐이다.

도수백이 그들에게로 다시 한 걸음 다가섰다.

"바로 내가 도수백이다. 그녀가 잘 봤어. 내가 왕 대인의 목을 친 바로 그자다."

"어억!"

지나친 놀람으로 단호림은 물론 명추산도 얼이 빠졌다.

어떻게 해야 할 줄 모르고 멍하니 도수백을 바라본다.

역시 제일 먼저 정신을 차린 사람은 왕소령이었다.

"이놈! 이 원수!"

그녀가 악을 쓰며 바르르 떨다가 와락 달려들었다.

"죽엇!"

찢어지게 외치며 힘껏 검을 떨쳐 도수백의 가슴을 찔렀다.

피잉─

살기로 떠는 검봉이 닥쳐온다.

그것뿐, 그녀의 검에는 초식도 무엇도 없었다.

그저 원한에 사로잡힌 채 무의식적으로 내뻗은 일검일 뿐이다.

슬쩍 몸을 움직이는 것만으로도 누구나 피할 수 있으련만 도수백은 얼어붙은 듯 꼼짝도 하지 않았다.

슬픈 듯, 무심한 듯, 안도하는 듯 복잡한 눈길로 왕소령을 바라보기만 한다.

싯─

들릴 듯 말 듯한 작은 소리와 함께 저쪽에서 한 가닥 미풍이 불어와 그녀의 검봉을 흔들었다.

단호림이나 명추산은 눈치 채지 못했고, 이성을 잃은 왕소령은 느끼지 못했다.

그래서 그녀의 검은 도수백의 심장을 정확히 찌르지 못했다.

푹─

일 촌 아래, 갈비뼈 틈을 뚫고 박힌 검봉이 폐를 찢었다.

"훅!"

도수백이 바람 빠지는 소리를 내며 몸을 휘청거렸다.

왕소령은 느꼈다.

검이 살아 있는 사람의 몸뚱이를 뚫고 들어가는 감촉과 그것이 전해주는 의미를.

그것은 생나무 가지를 자르고 찰흙 무더기를 찌르는 것과는 전혀 다른 느낌이었다.

살아 있는 것의 질감이 뭉클하고 와 닿는 그 느낌.

그것이 손바닥을 통해 이내 그녀의 머리꼭지까지 치달아 올랐다.

"어맛!"

그 생경하고 끔찍한 느낌에 그녀가 화들짝 놀라 검마저 놓아버린 채 주춤주춤 물러섰다.

얼굴이 두려움으로 새파랗게 질린다.

그녀는 완전히 미쳐 버린 게 아니고, 본래의 심성도 삭막하지 않은 소녀다.

아직 한 번도 살아 있는 무엇을 찌르기는커녕 때려본 적도 없었다.

밝고 순진하게만 살아온 열아홉 살의 소녀.

그녀에게 처음 누구를 찔렀다는 것은 감당하기 힘든 충격이었다.

그것이 비록 불구대천의 원수라고 해도 마찬가지다.

그렇다고 도수백에 대한 원한이 사라진 건 아니지만, 그녀는 제가 한 짓에 대한 두려움 때문에 덜덜 떨 뿐 꼼짝도 할 수 없었다.

입술을 악물고 동그랗게 뜬 눈으로 도수백을 바라본다.

그는 가슴에 검이 박힌 채 비틀거리고 있었다.

쓰러지지 않기 위해 이를 악물고 지독한 의지로 버티고 있다.

악다문 그의 입술을 비집고 붉은 피가 천천히 흘러나오고 있었다.

"쿨럭, 쿨럭─"

도수백이 더 참지 못하고 기침을 터뜨렸다.

그때마다 검붉은 핏덩이를 울컥울컥 토한다.

금방 가슴이 피에 젖어 붉어졌다.

무엇을 말하려는 듯 입을 벌리지만 그때마다 기침과 함께 핏덩이를 토해낼 뿐 도수백은 한마디도 하지 못했다.

그 모습이 왕소령에게는 악몽과 같았다. 그녀가 참지 못하고 두 손으로 제 얼굴을 가렸다.

도수백의 낯빛이 점점 창백해졌다.

그르렁거리는 이상한 목 울림 소리를 내며 천천히 무릎을 꿇는다.

움직일 때마다 가슴을 뚫고 폐부에 박혀 있는 검봉이 흔들렸다.

그 고통 때문에 도수백은 숨조차 쉴 수 없었다.

"이것이 네가 원한 것이냐?"

귓가에 원도 화상의 커다란 꾸짖음이 아득히 먼 곳에서 들려오는 바람 소리인 것처럼 다가왔다.

"너는 네 스스로 끔찍한 업장을 만들어 가질 작정이냐? 어리석은 것 같으니!"

원도의 꾸짖음은 왕소령의 귀에도 들렸다. 하지만 그녀 또한 먼 곳에서 아련하게 들려오는 바람 소리라고 생각했다.

魔風俠星

第十三章

한(恨)을 품은 여인

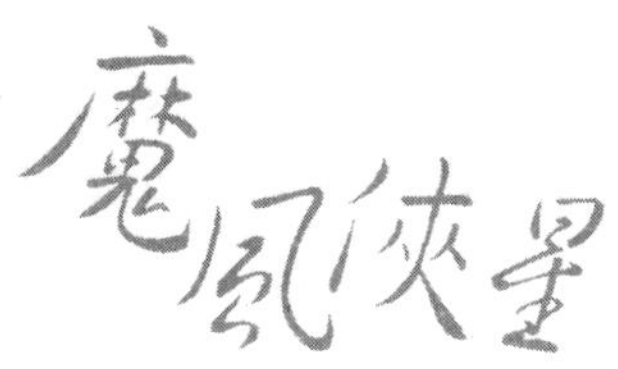

왕소령은 심한 열을 내며 깊은 잠에 빠져 있었다.

벌써 사흘째 아무것도 먹지 못하고 마시지도 못했다.

의식마저 있는지 없는지 알 수 없다.

혼수상태.

그렇게 말해도 과하지 않을 정도로 그녀는 깊은 잠 속에 빠져 들어가 깨어날 줄 몰랐다.

온몸에서 흘리는 땀으로 이불이 흠뻑 젖는다.

"쯧쯧, 불쌍한 것……."

차가운 물수건을 그녀의 이마에 올려놓으며 안타까움으로 눈물을 글썽이는 사람은 백화선고(白花仙姑) 단목향(段木香)

이었다.

점창파의 장문인 사일검협 편옥수의 아내이면서 오래전부터 강호에 아름다운 협명을 떨친 여고수이기도 하다.

오십 줄에 접어든 나이였지만 그녀는 여전히 고운 얼굴과 몸매를 가지고 있었다.

그것에 젊은 처자에게서는 찾아볼 수 없는 위엄마저 더해졌으니, 월궁의 항아가 저런 모습일까 싶게 우아하고 기품이 있다.

지난 사흘 동안 그녀는 아끼고 사랑하는 제자 왕소령의 침상을 지키며 그녀를 돌보아주었다.

"어린 게 얼마나 충격이 컸으면 이처럼 심한 열병을 앓을꼬……."

눈앞에서 원수를 보았고, 처음으로 살아 있는 사람을 검으로 찌르는 경험을 했다.

그것이 이 작고 여린 소녀에게는 감당할 수 없는 충격이었으리라.

백화선고 단목향은 저의 지난날을 돌이켜 보았다.

'그때는 나도 그랬지.'

강호에 나와 처음 사람을 찔렀을 때 경험했던 끔찍한 느낌과 얼이 빠지게 하던 충격을 지금도 생생히 기억한다.

비록 죽어 마땅한 악당이었지만 그놈을 찔렀던 첫 경험은 지금도 후회스럽기만 했다.

누구나 그럴 것이다.

태생적으로 사내처럼 과감하지 못하고, 섬세하고 감성적으로 태어난 여자의 몸으로서 그 경험을 극복하기란 힘든 일이었다.

하지만 무예를 배우고 강호에 나가 여협으로서의 삶을 살고자 하는 소녀라면 반드시 거치고 극복해야만 할 과정이다.

지금 왕소령은 그 첫 번째 고개에서 이처럼 힘들어하고 있는 것이다.

그런 생각이 그녀에 대한 안타까움과 연민을 더해주는 것이어서 단목향은 왕소령의 뜨거운 볼을 쓰다듬으며 저도 모르게 주르르 눈물을 흘렸다.

그 시각, 장문인의 거처인 내홍원(來鴻苑) 내 월훈각(月薰閣)의 빈청(賓廳)에는 두 사람이 다탁을 앞에 놓고 마주 앉아 있었다.

"나는 대사께서 왜 그를 숨겼는지 모르겠습니다."

사일검협 편옥수의 카랑카랑한 음성 속에 원망이 깃들었다.

뚱한 얼굴을 외로 튼 채 마주 앉아 있던 원도 화상이 연못에 두고 있던 눈길을 천천히 옮겼다.

"빈승은 거짓말을 한 적이 없소이다."

편옥수는 오십대 중반으로, 점잖게 생긴 선비의 풍모를 하고 있었다.

마른 몸집에 깨끗한 피부, 정기가 번쩍이는 두 눈과 우뚝 솟은 코 아래의 팔 자(八字) 수염은 그를 일파의 종사라기보다 꼿꼿한 관료나 학자로 보이게 했다.

"그럼 제가 잘못 들었나 보군요."

원도를 바라보는 눈길에 힘이 실린다. 하지만 원도 화상은 태연하기만 했다.

천천히 차를 마시며 난간 아래의 연못에 비친 달무리를 감상한다.

"그때, 편 장문의 제자라는 녀석들이 찾아와 물었을 때 그는 확실히 그곳에 있었소."

"그런데도 대사께서는 그런 자가 없다고 딱 잡아뗐었다더군요?"

"그는 있었지만 중이도에서 무자비하게 칼을 휘둘렀던 무뢰배는 없었소이다. 그러니 거짓말을 한 게 아니지."

"무슨 말씀이오?"

"그놈은 이미 제 행위를 깊이 뉘우치고 새 사람으로 거듭나고자 했으니 과거의 허물을 벗어버린 것이외다. 몸뚱이는 같으나 그 안의 사람은 전혀 다르니 어찌 같은 사람이라고 하겠소?"

"대사의 말씀은 수긍하기 어렵소이다."

편옥수가 살짝 눈살을 찌푸렸다.

그에게는 눈앞의 화상이 억지소리를 하는 것으로밖에는

생각되지 않았다.

그러나 원도는 조금도 개의치 않고 꿋꿋하게 제 주장을 폈다.

"간절히 인과의 업보를 뉘우치고 과거의 죄업을 씻기 위해 발원했다면 누가 되었든 받아들이고 품어주는 게 부처님의 자비도량이올시다. 문주의 제자들은 흉악한 무뢰배를 찾고 있었으나 법화사에는 무뢰배가 없으니, 만약 내가 있다고 대답했다면 그게 거짓말이 될 것 아니겠소?"

"좋습니다. 하지만 대사께서는 또 그자를 벙어리라고 했다더군요? 그건 그자를 감싸주기 위해서 명백히 거짓말을 한 것 아니겠습니까?"

"나는 그가 벙어리라고 한 적 없소이다. 그가 말을 한마디도 할 수 없다고는 했소."

"그게 그 말 아니겠습니까?"

"엄연히 다르오. 원래 말을 할 수 없는 자와, 스스로 입을 다물고 말하지 않는 자가 어찌 같겠소?"

"여전히 대사의 말씀은 저 같은 속인으로서는 이해할 수 없는 바가 있구려."

"간단하오. 그놈은 스스로를 교화하고자 하는 큰 뜻을 품고 묵언정진 중이었으니 어찌 입을 열어 저의 발원을 깨뜨릴 수 있겠소? 그래서 말을 하지 않았을 뿐이고, 나는 문주의 제자들에게 그 사실을 깨우쳐 주었을 뿐이오. 그러니 내가 그를 두고 말을 할 수 없는 자라고 한 게 거짓말이겠소?"

묵언정진이 불가의 수행 방법 중 하나로써, 정진하는 동안에는 일체의 말을 하지 않는다는 걸 편옥수도 잘 알고 있었다.

성급한 제자들이 원도 화상의 말을 있는 그대로 해석하고는 그놈이 정말 벙어리라고 믿어버렸으니 이제 와서 그 일로 원도를 탓할 수도 없다.

편옥수가 불편한 심기를 감춘 채 침묵하자 원도 화상이 다시 말했다.

"그리고 장문인도 알다시피 그 녀석은 스스로의 목숨으로 제 죄업을 씻고자 했소이다. 왕 소저의 일검을 피하지 않고 고스란히 받았으니 그만하면 과거의 죄업을 제 피로 씻었다고 할 수 있지 않겠소?"

"죽었습니까?"

"명이 질긴 놈이라 아직 숨이 붙어 있소이다."

"그렇다면 이건 대사나 제가 결정할 일이 아니로군요. 당사자가 결정해야겠지요."

"왕 소저의 마음에 달렸다는 것이오?"

"부모 형제의 복수는 관에서도 인정해 주는 바요. 강호에서야 더 말할 것도 없지. 통쾌하게 복수를 하는 자가 바로 협객이고 협녀로 통하지 않소이까?"

"누가 원수란 말이오?"

"바로 그 녀석이겠지요."

"일을 그렇게 만든 자는 그럼 누구요?"

"그건……."

편옥수가 잔뜩 눈살을 찌푸렸다. 말문이 막혔기 때문이다.

도수백은 그저 왕윤춘의 목을 친 자에 지나지 않을 뿐, 왕윤춘을 그렇게 만든 원인은 그에게 있지 않았다.

그건 북경의 황궁에서 일어난 일이고, 황제를 둘러싸고 벌어진 일 아니던가.

그러니 굳이 원래의 인과를 따져 올라가자면 조정의 대신들과 황제에게 귀착된다.

원도 화상이 또 말했다.

"굳이 부모님의 원수를 갚기로 작정했다면 그 원인이 있게 한 자를 찾아내 그자 또한 통쾌하게 죽여야 할 것이오. 그러자면 한두 명을 거치는 게 아닐 테니 과연 왕 소저 혼자의 힘으로 그게 가능하겠소?"

"그럼 대사께서는 그 아이가 복수를 포기해야 한다는 겁니까?"

"슬기롭게 잘 생각해 보시라고 권할 따름이외다."

원도의 말이 옳았다.

편옥수는 내심 고개를 끄덕였다.

왕소령이 굳이 선부의 복수를 하고, 형제와 가문의 복수를 하자면 황제에게까지 거슬러 올라가야 할 텐데, 그러는 과정에서 얼마나 많은 자들을 하나하나 죽여야 할지 모른다.

그건 불가능한 일일 것이다.

또 그렇게 해서 새롭게 맺은 원한은 어찌 감당할 것인가.

그런 생각들로 머리가 어지러워진다.

편옥수가 깊은 탄식을 흘리고 외면했다.

원도 화상의 입가에 흐린 미소가 떠올랐다.

그가 고집을 버리고 제 말을 받아들였기 때문이다.

부끄러워지고 불만스러울지언정 옳다고 여긴 것은 기꺼이 받아들인다는 자세는 확실히 범부에게서는 찾아볼 수 없는 대범함이다.

'역시 일파의 종사는 마음 씀이 범부와 다르다.'

원도 화상은 기뻤다.

"이 차는 향이 은은하면서 오래도록 감칠맛이 남으니 가히 창산의 감로차라 할 만하구려."

기꺼이 또 한 잔의 차를 달게 마시고 음미한다.

편옥수가 빙긋 웃었다.

"안사람이 손수 만든 차인데, 입맛에 맞으시다니 제자들을 시켜서 두어 단지 보내 드리리다."

"이렇게 고마울데가. 아미타불……."

원도 화상의 메기의 그것처럼 커다란 입이 쩍 벌어졌다.

"편 시주님은 너그럽고 호탕하며 자비심을 가지고 베풀기 좋아하시니 반드시 삼세의 복을 받으실 것이외다."

"과찬의 말씀, 감당할 수 없군요."

편옥수가 두 손을 잡고 절레절레 흔들며 활짝 웃었다.

그는 원도 화상이 소림사의 고승 반열에 드는 사람이고, 무시무시한 고수라는 걸 잘 알고 있었다.

그가 강호에 나와 저질렀던 몇 가지 경천동지할 사건에 대해서도 알고 있다.

또한 그가 본래의 법호를 바꾸고 용모마저 바꾼 채 창산 기슭에 숨어 살고 있는 까닭도 짐작한다.

누구도 원도 화상의 정체를 알지 못하고 있었지만 편옥수만은 짐작하고 있었던 것이다.

그래서 제자들에게 법화사 근처에는 얼씬거리지도 말고, 혹시라도 그곳의 스님을 만난다면 근신하고 공경하라고 누누이 일렀다.

하지만 원도 화상이 누구인지에 대해서는 결코 입을 열지 않았다. 그가 스스로 제 정체를 드러내지 않는 이상 말할 수 없다고 여겼기 때문이다.

'창산 기슭에 언젠가는 용이 될 커다란 이무기 한 마리가 깃들어 숨었으니 잘 품는다면 적어도 해는 입지 않으리라.'

그는 그렇게 생각하고 있었다.

이무기를 노하게 하면 해를 입을 것이나, 잘 품어서 다독여 준다면 이로울 것이다.

이득을 얻지 못한다 할지라도 최소한 해는 입지 않을 것 아닌가.

달리 생각하면 그것 자체가 큰 이득이라 할 수도 있다.

훗날, 그런 편옥수의 생각이 옳았다는 게 증명된다.

그는 앞날을 바로 내다볼 줄 아는 현명한 자였던 것이다.

점창산에 틀어박혀 꼼짝하지 않는 그를 두고 강호에서 달리 창산은룡(蒼山隱龍)이라 부르며 공경해 주는 데에는 다 이유가 있었다.

*　　　*　　　*

왕소령이 열병을 앓고 있을 때, 도수백 또한 그와 같은 열에 들떠서 혼미한 상태를 헤매고 있었다.

사흘이 지나고 닷새가 되었다.

그동안 죽을 것 같았던 위태로운 순간을 넘기길 몇 차례.

비록 몰라보게 초췌해진 몰골로 변했지만 다시 의식을 찾은 건 그의 목숨이 남달리 질기기 때문이라고밖에는 말할 수 없었다.

불사귀.

그는 과연 죽지 않는 불사귀인지도 모른다.

"흘흘, 과연 쇠심줄보다 질긴 업장을 지고 태어난 놈이로고. 뒈지고 싶어도 뒈질 수가 없으니 그 또한 고통 아니랴. 쯧쯧……."

도수백의 머리맡을 지키고 있던 원도 화상이 기뻐하다가 나중에는 잔뜩 눈살을 찌푸리고 혀를 찼다.

"이놈아, 사람이 사람답게 산다는 게 뭔지 아느냐?"

"스님……."

쩍쩍 갈라진 도수백의 입술 사이로 떨리는 음성이 미약하게 스며 나왔다.

눈을 뜨자마자 원도의 엉뚱한 말이 들려왔는데, 그 한마디가 가슴을 찌른다.

'사람이 사람답게 산다는 것…….'

도수백은 원도의 그 말에서 왕윤춘이 꾸짖던 말을 떠올리지 않을 수 없었다.

"인간으로 태어나 짐승처럼 산다면 그건 오히려 짐승보다 못한 것이겠지."

"스님… 그게… 뭡니까?"

"흘흘, 별거 아니다. 뒈지고 싶을 때 뒈지고 살고 싶을 때 살 수 있으면 그게 사람답게 사는 거지."

"제 목숨을 제 마음대로 할 수 있어야 한다는 건가요?"

"쯧쯧, 아둔한 놈. 잘 생각해 봐라. 커흠."

'내 의지로 죽고 사는 걸 결정할 수 있는가?'

도수백은 그것이 의식을 차리자마자 제 정수리에 떨어진

화두라는 걸 알았다.

그걸 툭 던져 주고 나가던 원도 화상이 돌아보고 말했다.

"거기 죽그릇 있으니까 알아서 처먹든지 말든지 하렴."

그 시간에 창산 남쪽 천도림(天桃林) 속에 있는 점창파에서
도 한 사람이 깨어나고 있었다.

규중의 은은한 향기가 배어 있는 소심화각(素心華閣)의 내
실.

박사(薄紗) 휘장이 늘어진 봉문침상(鳳紋寢牀)에서 왕소령
이 눈을 떴다.

지난 닷새 동안 몰라보게 초췌하고 까칠해진 얼굴이 안쓰
럽다.

"애야, 이제 정신을 차렸구나. 다행이다, 다행이야."

여전히 머리맡을 지키고 앉아 있던 백화선고 단목향이 기
뻐하며 왕소령의 볼을 쓰다듬었다.

"사모님……."

왕소령의 눈에 눈물이 고이더니 주르르 흘러 베개를 적신다.

"울지 마라. 깨어났으니 이제 된 거야. 다시는 아프지 않을
거다."

단목향이 비단 수건으로 그녀의 눈물을 닦아주며 부드럽
게 말했다.

"어린것이 얼마나 놀라고 무서웠겠니. 이제는 괜찮을 거다."

"제가 많이 아팠나요?"

"그랬단다. 하지만 나는 오히려 안심이 되는구나. 네가 겪었던 건 무예에 뜻을 둔 사람이라면 누구나 한차례 경험해야 하는 홍역 같은 거지. 그게 무사히 지나갔으니 다시는 그런 일 때문에 이렇게 앓지 않을 거야."

"그는, 그는… 어떻게 되었죠? 제가 검으로 가슴을 찔렀는 데… 죽었나요?"

단목향의 얼굴에 기쁨이 가득해졌다.

죽이려고 했던 자의 목숨을 걱정해 주는 어린 제자의 따뜻한 마음이 대견했던 것이다.

그녀가 사랑이 가득 담긴 손길로 왕소령의 머리를 쓸어주며 미소 지었다.

"걱정하지 마라. 그 녀석도 죽지 않았다더라. 명이 긴 녀석이지."

"죽지 않았… 군요……."

"그래. 이제 안심이 되지?"

"그는, 그는… 죽지 않았어요."

"……?"

단목향의 손길이 뚝 멎었다.

"내가 바보같이 흥분하고 당황해서 심장을 똑바로 찌르지 못한 거예요. 바보 같으니, 멍청이."

자기 자신을 욕하는 왕소령의 파리한 얼굴 어디에도 연민이나 안도의 기색은 없었다.

더욱 싸늘하게 가라앉기만 한다.

단목향이 당황하여 물었다.

"너, 너는 아직도 분이 풀리지 않았단 말이냐?"

"원수를 죽이지도 못하고 바보같이 이렇게 놀라서 쓰러져 앓기만 했으니 사모님이 보시기에도 제가 한심하지요?"

"으음."

단목향의 기뻐하던 얼굴에 이제는 수심이 가득해졌다.

어린 제자의 마음이 이처럼 차갑게 얼어버렸으니 이를 어쩌면 좋을지 걱정이 커진다.

악인을 찌르는 검에도 인정이 실려 있어야 한다. 그래야 진정한 협녀라고 할 수 있으리라.

차갑고 지독한 마음이 그대로 검에 실린다면 악당의 검과 다를 게 무언가.

단목향은 왕소령을 다시 예전의 밝고 쾌활하고 동정심 많은 그런 소녀로 되돌려놓아야 한다고 생각했다.

'내가 이 아이에게 무엇을 어떻게 해주어야 할까?

어떻게 해야 왕소령이 순진하던 원래의 마음을 다시 찾을 수 있을까 하는 것이 이제는 그녀의 난제로 남았다.

"그놈은 반드시 제 손으로 죽여서 아버님의 복수를 하고야 말겠어요. 다음에는 이번과 같은 실수를 절대로 하지 않겠어요."

사모의 근심은 알지 못한 채 왕소령이 이마저 뽀드득 갈며 그렇게 중얼거렸다.

"휴—"

단목향의 깊은 한숨 소리가 방 안에 공허하게 울리고, 천천히 무겁고 답답한 침묵이 몰려들었다.

다시 닷새가 지났다.

밤새 봄비가 주룩주룩 내리더니 아침이 되었는데도 해가 보이지 않았다.

그리고 도수백의 모습도 보이지 않았다.

파랗게 피어오른 청량한 풀 냄새만 법화사에 가득 남아 있을 뿐이다.

"아미타불……."

텅 빈 방에 들어온 원도가 그 어느 때보다 엄숙하고 장엄한 모습으로 합장하고 불호를 외웠다.

한마디 작별의 말도 없이 서찰 한 장 남기지 않고 홀쩍 떠나 버린 도수백이지만 원도는 텅 빈 방 안에서 그가 남겨두고 간 수없이 많은 말을 듣고 있었다.

말없이 떠난 사람은 또 있었다.

"으으음—"

서찰을 움켜쥐는 사일검협 편옥수의 청수한 얼굴이 고통

으로 일그러졌다.

그 곁에서 백화선고 단목향은 눈물을 글썽이며 연신 한숨만 호, 호, 불어냈다.

왕소령이 남긴 서찰에는 원수를 갚은 다음에 돌아와 멋대로 사문을 떠난 죄를 달게 받겠다는 내용이 적혀 있었는데, 군데군데 눈물로 얼룩져 있어서 단목향의 가슴을 더욱 아프게 했다.

"그 어린것이, 아무 경험도 없이… 혼자서 이렇게 강호로 나갔으니… 나쁜 일이라도 당한다면 어쩌지요?"

단목향은 애간장이 타는 듯했다.

울먹이는 그녀의 말을 묵묵히 듣고 있는 편옥수의 마음도 걱정으로 편치 않기는 마찬가지였다.

하지만 그는 의연함을 잃지 않았다.

"그만하면 제 앞가림은 충분히 할 수 있지."

편옥수는 왕소령이 자신의 절기를 열에 일곱은 배운 데다가, 사모의 절기마저 대부분 배웠으니 무공만으로 판단한다면 강호에서 그녀를 어리다고 얕볼 수 있는 자가 없을 것이라고 생각했다.

하지만 경험이 전혀 없고, 더구나 어린 소녀 혼자의 몸이 아닌가.

험난한 일을 피할 수 없을 것이다.

그것을 잘 극복해 나간다면 훌륭한 한 사람의 여협으로 우뚝 서겠지만 그렇지 못하면…….

"제 운에 맡길 수밖에."

편옥수는 그렇게 말할 수밖에 없었다.

그런 편옥수의 의연함이 단목향에게는 야속하기만 했다.

편옥수가 상심하는 아내의 어깨를 감싸고 다독였다.

"자식이 장성하면 부모의 곁을 떠나려 하듯 제자들도 마찬가지라오. 지금쯤은 모두 강호에 나가고 싶어서 안달이 났겠지. 언제까지나 그 녀석들을 붙잡아둘 수는 없는 것 아니겠소? 소령이 조금 더 일찍 나갔다고 생각할 수밖에."

"하지만 저는 그 어린것이 혼자서 어떻게 그 험난한 강호를 헤쳐 나갈지 걱정이 돼요."

"범이 서너 마리의 새끼를 낳아 기르다가 그것들이 크면 놓아 보내는데, 제 새끼들이 모두 살아남을 것이라고 기대하지는 않겠지. 그중에 운 좋고 영리한 놈은 살겠고, 그렇지 못한 놈은 죽을 수밖에 없어. 그게 자연의 섭리 아니겠소? 사람이라고 어디 그와 다르리오."

"당신은 너무 냉정히게 말씀하시는군요."

눈을 흘기며 편옥수를 탓하지만 단목향 또한 그의 말이 백번 옳다는 걸 잘 알고 있었다.

그녀 자신도 그렇게 살아왔기 때문이다.

그녀가 살며시 편옥수의 손을 잡았다.

"그래도 나는 당신에게 부탁하지 않을 수 없어요. 그 아이를 한동안이라도 보살펴 주어야 하지 않겠어요?"

묵묵히 생각에 잠겨 있던 편옥수가 단목향의 어깨를 다시 한 번 안아주고 말없이 방을 나갔다.

그날 밤, 지검이룡 단호림이 폐관수련의 벌을 받던 참회동에서 나왔다.

그는 차가운 땅에 엎드려 사부의 거처가 있는 방향을 향해 길게 절하고 날 듯이 달려 천도림 밖으로 사라졌다.

단호림이 어둠을 뚫고 대리 부중을 향해 비조처럼 창산을 달려 내려가고 있을 때, 정작 왕소령은 천천히 걸어 북쪽 송림을 지나고 있었다.

저 멀리 법화사의 낡은 지붕이 달빛을 받아 흐릿하게 보였다.

잠시 멈추어 서서 입술을 잘근잘근 씹으며 노려보던 그녀가 땅을 박차고 가볍게 몸을 날렸다.

날렵한 한 마리 야조처럼 그녀의 가냘픈 몸이 송림을 뚫고 소리없이 달려가더니 훌쩍 법화사의 담을 뛰어넘어 사라졌다.

어둠을 딛고 도둑고양이처럼 살금살금 걷는 걸음이 경쾌하다.

불당 곁에 딸려 있는 승방의 창문 아래 붙어 선 그녀가 잠시 귀를 기울이더니 찢어진 창호에 눈을 붙였다.

어두컴컴한 실내의 낡은 침상에 큰대 자로 누워서 코를 골고 있는 원도 화상의 모습이 보인다.

왕소령의 입가에 싸늘한 미소가 떠올랐다.

다시 살금살금 걸음을 옮겨 법당 안으로 들어간 그녀가 입술을 깨물었다.

잠시 망설였으나 이내 마음을 굳힌 듯 그녀는 품에서 불씨를 담아두고 있는 화섭자를 꺼내 들었다.

화봉(火棒)을 뽑아 몇 번 후, 후, 불자 안에 밀봉되어 있던 불씨가 살아나 파란 불꽃을 피워 올린다.

왕소령은 법당을 불태워 버릴 작정이었다.

법화사를 몽땅 잿더미로 만들어 버리려는 것이다.

그 불길 속에서 원도 화상이 타 죽는다면 속이 더 후련할 것이다.

"죽일 놈의 화상 같으니. 너도 그놈과 똑같은 자야. 흥! 중들의 소원이 열반에 들어 극락왕생하는 거라지? 내가 그렇게 만들어줄 테니 극락에 가거든 고맙다는 서찰이라도 보내렴."

그렇게 중얼거리며 불이 잘 탈 만한 것을 찾아 두리번거린다.

싸늘하게 가라앉아 있는 얼굴에 화섭자의 파란 불빛이 비치고 두 눈이 이글거렸다.

본래의 아름답던 그녀는 어디로 가고 귀기가 감도는 낯선 얼굴을 한 여자가 법당 한가운데 우뚝 서 있는 형상이었다.

두리번거리던 그녀의 눈에 법당 한쪽에 모셔져 있는 위패가 들어왔다.

"아!"

왕소령이 놀란 외침을 터뜨리고 급히 그것을 집어 들었다.

왕윤춘신위(王玩春神位).

선부의 위패다.

옷소매로 그것을 쓰다듬는 왕소령의 창백한 볼을 타고 뜨거운 눈물이 흘러내렸다.

그러기를 얼마쯤.

뿌드득—

그녀가 야무지게 이를 갈았다.

눈빛이 더욱 차갑고 음침하게 가라앉았다.

선부의 위패를 품 안에 갈무리한 그녀가 기어이 본존불(本尊佛)을 두르고 있는 휘장에 불을 붙였다.

바싹 마르고 먼지가 낀 휘장이 불길에 휩싸이더니 곧 법당 전체로 번져 갔다. 걷잡을 수 없다.

"호호호호!"

그 불길 한복판에 오똑 서 있던 왕소령이 요악한 웃음을 터뜨렸다.

우르르르—

기둥과 서까래가 불길에 휩싸이면서 지붕이 요란한 소리를 내며 무너지고, 그 위로 왕소령의 검은 신형이 솟구쳐 올랐다.

"호호호호—"

불타오르는 법당을 뒤로한 채 그녀는 질풍처럼 송림 속으로 사라져 가고 있었다.

밤하늘에 처절하게 울리는 웃음소리가 점점 희미해진다.

"아미타불, 아미타불……."

화마가 일렁이는 법당 앞마당에 서서 원도 화상은 두 손을 합장하고 불호를 외웠다.

그의 음성이 가늘게 떨렸다.

"업보로다, 업보야……. 이 업장을 푸는 건 이제 부처님의 자비밖에는 없구나."

한숨과 함께 중얼거린 원도 화상이 미련없이 돌아섰다.

"이것도 다 부처님의 뜻. 기어이 이 미욱한 불제자를 강호로 내려 보내시는구나. 커흠."

불타고 있는 법화사에는 한 점의 미련도 없다는 얼굴이 되어서 원도 화상 또한 휘적휘적 산을 내려가기 시작했다.

『마풍협성』 2권에서…